私の中にいる

黒澤いづみ

目次

序章 5
一章 15
二章 57
三章 115
四章 165
終章 265

装画

松川朋奈

「Love Yourself」

2018 73 × 100cm (P40) パネルに油彩

© the Artist, Courtesy of Yuka Tsuruno Gallery

ブックデザイン

アルビレオ

私の中にいる

序章

＊

——ねえ聞いた？　羽山《はやま》さんの話。

——お母さんを、殺したんだって。

教室に集まった少女たちがひそひそと囁《ささや》き声を交《か》わす。その顔は固く引き締められているものの、内にある好奇心が上擦《うわず》る声から滲《にじ》み出ている。

——信じられないよね。

——だって、羽山さんが？

——そんな乱暴なことする子だった？

席を囲んで輪になった少女たちが空席を盗み見る。ひとりがそうすると、つられたように全員が同じく空席を見遣《みや》った。

——分かんないよ、ああいう子は。

——なんにも喋《しゃべ》らなかったもんね。

——そういう子ほど、裏では何考えてるか分からないって。

——ウチのお母さんも言ってた。

——怖いよねえ。

怯《おび》えたように言いながらも、非日常のスクープに浮き立っているのが明らかだった。それは少女たちだけでなく、少年たちにしても例外ではない。

——やべーな、あいつ。

——クラスにヒトゴロシが出たかぁ。

——ネクラな奴《やつ》って家の中じゃ威張《いば》り散らしてたりするもんな。

——へー。それってお前のこと?

——ちげえよ、ウチの姉ちゃんの話。

隣に立った子を肘《ひじ》で小突き、少年が心外そうに言う。机に座った少年が浮いた足をぶらぶらと揺らし、窓枠に凭《もた》れかかった少年は憚《はばか》らず欠伸《あくび》を漏《も》らした。

——じゃあお前んちも気をつけないとな。

——姉ちゃんもブチギレて大変なことになるかもよ。

——やめろよ、そういうこと言うの。

——でも確かに、急に人が変わったみたいになるからさあ。

——それってアレじゃん。ニジュージンカクってやつ。

少女は自分の席からざわめくクラスメイトの様子をひとり眺《なが》める。少女には集まって噂話《うわさばなし》をするような友だちはおらず、そういう点では、話題の中心となった『羽山さん』

と似た立場だといえた。

彼女はおとなしくてほとんど話さない子だった。教科書の音読や当てられて答えるときもぼそぼそと話し、聞こえません、と言われると黙りこむような子。そんな彼女が、たったひとりの肉親である母親を殺して逮捕されたのだという。

持ち主が二度と戻らない窓際の空席を見て、それから後ろの棚に置かれた花瓶《かびん》を見る。彼女が毎日欠かさず水替えをして世話をしていた花だ。

クラスで課された世話係とはいえ、放置することだって怠けることだってできた。にも拘《かか》わらず、律儀に毎日、何を思いながら水を替えていたのだろう。そんなことを今更ながらに考える。

彼女の『本当のところ』なんて誰も知らない。事情も本心も。何を考えていたのか、何が好きで、どんな性格だったか。きっともう、永遠に分かることはないのだろう。

チャイムが鳴って、蜘蛛《くも》の子を散らしたように子どもたちが席へ着く。同時に担任が教室に入ってきて、物々しい表情で教壇に立った。

一日が始まる。彼女がいなくなっても、なにひとつ変わらない日常が、今日もまた。

*

「いたぞ！　こっちだ！」

追っ手の声に押されるようにして少女は駆け出す。はあはあと息を弾ませ、頰《ほお》と小鼻を赤くし、歯を食い縛って足を動かした。

アーケードに逃げこんだ少女の後ろを複数の大人が追いかけてくる。まばらにいた買い物客たちの訝《いぶか》しげな視線を一身に集めながら、少女は懸命に駆けた。

——どこかの店に入れば一時は追っ手を攪乱《かくらん》できるかもしれないが、嚢《ふくろ》のねずみとなるのがおちだ。とはいえ、アーケードの平坦《へいたん》な一本道をただ走っていてもいずれ追いつかれてしまう。

潜《もぐ》りこめるような場所はないかと走りながら探しているうち、少女の足が疲労でもつれた。咄嗟《とっさ》に手をつくこともできずに顔面から転倒する。呻《うめ》きながら顔を上げたときには、足音がもう間近に迫っていた。

「捕まえたぞ！」

一番に辿《たど》り着いた大人が少女の肩をしっかりと摑《つか》み、次いで片腕を摑んだ。倒れていた体を引っ張り上げると無理矢理起こして立たせる。そのあとから複数の足音が駆けつけてきた。

「まったく、何回逃げ出したら気が済むんだ」

辟易《へきえき》した様子で別の大人が言い、もう片方の腕を摑む。少女は唸《うな》りながら身を捩《よじ》ったが、大人の手はびくともせず、拘束が緩《ゆる》む気配もまるでない。垂れてきた鼻血が左右へ飛び散り、いたずらに服を汚しただけだった。

「どうも、お騒がせしてすみません。申し訳ありません」

一部始終を見てざわめいていた通行人に向かって、大人のひとりが頭を下げる。

「お騒がせしました。すぐ撤収しますので――」

少女は歯噛《はが》みしながら、周囲に状況説明と謝罪をする大人を睨《ね》めつけた。

「おい、なんだその反抗的な目は」

少女の左腕を摑んで引きずるように連行しながら、顔見知りの大人が小声で凄《すご》む。

「あのねえお嬢ちゃん。こっちだって、好きでこんなことしてんじゃないんだよ」

右側の警察官らしき大人も仕方なさそうに言い、そうだ、とさらに別の声が同意した。

「これに懲《こ》りたら、二度とこんな莫迦《ばか》な真似《まね》はしないことさ。いいね？」

少女は鋭い眼光で大人たちを睨《にら》むと、上向いて声を張り上げた。

「助けてください!!　虐待です！　これは児童虐待です！」

おい、とすぐさま怒号《どごう》が飛ぶ。再びどよめく通行人に対し、周囲の大人たちはまた困ったようにして頭を下げた。

「すみません、この子は被害妄想と虚言癖《きょげんへき》が強いもので……」

「いつものことなのでお気になさらず……」

「すぐ引き上げますので……」

ひとしきり謝罪したあと、大人たちは待機していたバンに少女を乗せ、そそくさと乗りこんでいく。

「ママぁ、あのおねえちゃんかわいそうだよ」

様子を見ていた男の子が、母親の手を引きながらふと言った。

母親は少し驚いた顔をしたあと、そうだね、と答える。

「……でもね、あのお姉ちゃんは仕方ないの。施設から逃げ出してきたんだよ」

「しせつって、なあに？」

子どもの純朴な瞳《ひとみ》に見上げられ、母親はほんのりと苦笑する。

「悪いことをした子が、反省して立派になるための場所よ」

「じゃあ、あのおねえちゃん、わるいひとなの？」

「そうね。きっと何か、悪いことをしたんだね」

母親の言葉に、男の子は不安そうに瞳を潤《うる》ませた。

「じゃあね、じゃあね、たっくんがもしわるいことしたら、たっくんもああいうふうになる？　たっくんがおかたづけしなかったら、ななちゃんのおもちゃとったら、ああいうふうになる？」

母親は少し考えるようにして、男の子を見つめた。

「……そうだね、もしたっくんが、とーっても悪いことをしたら、あのお姉ちゃんみたいに連れていかれちゃうかもしれないね。そしたらもう、パパとママとななちゃんとも、保育園のお友達とも会えなくなっちゃうね」

「やだぁ‼　やだやだ、やだよぉ！」

目に涙を浮かべて地団駄を踏む男の子に、母親がしゃがみこんで優しく言う。

「嫌だよね。パパもママもななちゃんも、たっくんに会えなくなるのはすっごく嫌だよ。だからちゃんと言うことを聞いて、いい子になろうね」

「わかった……」

弱々しく頷《うなず》く男の子の頭を母親が満足そうに撫《な》でる。

——ようやく発進したバンの中で、遠ざかる親子の姿を窓越しに見ながら、少女は低く呟《つぶや》いた。

「みんな死ねばいいのに」

一章

1

小川《おがわ》が指導室に入ってみれば、そこには既に先客の姿があった。パイプ椅子《いす》に腰かけた少女は体の小柄《こがら》さとは裏腹に尊大な態度で頬杖《ほおづえ》をついている。入室した小川には一瞥《いちべつ》もくれず、窓の外をじっと睨んでいた。

「また無断外出したんだって？」少女の正面に座りながら、小川は言う。「今月に入ってもう三回目。一体、何がそんなに気に入らないの？　羽山萌果《もか》さん」

小川がうんざりした様子を隠そうともせずに言えば、少女は横目でちらりと視線を投げかけたあと、すぐまた窓のほうへ戻した。

見た目と性格の印象に強いギャップを持つ少女だ、と小川は思う。柔らかい栗毛《くりげ》の髪は丸い頭の形を強調するように顎下《あごした》で切り揃《そろ》えられ、どこかおとなしさを印象づけているし、黒目がちの瞳はくりくりとしていて、少し垂れた目尻《めじり》も柔和《にゅうわ》そうではある。これで人懐《ひとなつ》っこく笑顔の絶えないような性格であれば、大人からは非常に可愛《かわい》がられるだろうと思うのだが。

「厭《いや》なことがあるなら先生に教えてくれない？　もしかしたら、何か改善できることがあるかもしれないでしょ？」

「べつに」

珊瑚《さんご》色の唇《くちびる》から吐き捨てるような素っ気《そけ》ない返事がこぼれた。まったく視線も合わせず、会話する意思はないといった調子が強く伝わってくる。

「……べつにってことないでしょ？」苛立《いらだ》ちから、小川の口調は自然と非難の色が濃くなる。「不満がないんだったら、こうやって逃げ出す必要ないじゃない」

「べつに」

「羽山さん」

語気を強くして呼ぶと、萌果は小川を鋭く一瞥した。反抗的で攻撃的な視線を叩《たた》きつけはするものの、それ以上に何かを言おうとする気配はない。

「あなたは何の不満もないのに、志木《しき》先生に暴力をふるって逃げ出すような子なの？」

萌果は体ごと斜めに座って足を組み、素知らぬ顔で窓の外を眺めている。だんまりを決めこむ萌果に、小川は溜息《ためいき》をついて額《ひたい》を押さえた。

――ここ志摩原《しまばら》学園は県立の児童自立支援施設である。教護院時代に設立された学園で、その歴史は四十年ほど。入所している児童の数は二十名程度、そのうち小学生相当の児童が三名、残りの十数名が中学生相当の少年少女という内訳だ。

敷地内にある寮は男子寮が二棟と女子寮が一棟。児童と職員がそれぞれ十名ほど暮らしており、ひとつのグループとなっている。

児童は毎朝決められた時間に起床し、朝食を摂《と》り身支度を整え、職員に引率されて登校する。学校では年齢や発育段階に応じた授業を受け、昼食時には一旦《いったん》下校して寮に戻り、午後の授業に合わせて再び登校し、その後は部活動などを行う。そして夕方には職員に引率されて下校し、寮で夕食を摂り自由時間を過ごして、就寝するといった流れになっていた。

職員に引率されながら集団で登下校をするのは、このタイミングで逃げ出す者が多いからだ。少年院と比べて開放的な造りをしている児童自立支援施設では比較的脱走が容易だが、職員や地域住民、警察などとの連携で子どもを確保する仕組みができあがっているため、逃げおおせることは難しい。

今回、萌果が逃げ出したのは体育の授業中だった。授業は体育館で行われ、その場にいたのは小学生児童三名と教師の志木のみ。ストレッチなどの準備運動を行っている最中、萌果は志木の脛《すね》を蹴飛《けと》ばして脱走を図ったのだった。単に逃げ出すだけではなく暴力までふるっているので、萌果の行為は極めて悪質といえる。

「ここを逃げ出したってあなたのためにはならない。分かるでしょう？　またペナルティで退所が長引くだけよ。事によってはまた鑑別所に逆戻り。それどころか、今度は少年院に入ることになるかもしれないの。あなた、それでもいいの？」

萌果は眉《まゆ》ひとつ動かさず、答えもしない。

「ねえ。何かあるんだったらちゃんと言わないと分からないの。そうやって黙ったままで、時間が経《た》つのをただ待つつもり？」

こちらを見ずに、大人びた動作で足を組み替えた。

「……確かに羽山さんは問題が多い子よ。ほかの先生たちからの評判も良くない。乱暴で粗雑だってみんな言ってる。でもね、本当はいい子なんだって、先生は信じたいの」

小川は言って、身を乗り出す。

「ここに虞犯《ぐはん》で来るような子でも、根っから悪い子なんていないんだって、そう信じてるの。みんなどこか間違ってしまっただけ。ひねくれちゃっただけなのよね。周りの大人がひどい人で、ちょっと環境が悪かっただけで。それは確かに不幸なことよ。――だけど世の中って、あなたが思ってるほど厭なことばっかりじゃない。もっと素晴らしいことがたくさんあるの。そっちに目を向けてほしいなって、先生は思うのよね。厭な大人ばっかりだって思って見てたらそうとしか思えないだろうけど、できるだけ良いことにも目を向けてほしい。そうすれば、あなたの周りにいる大人が本当はどれだけあなたのことを考えてるか、心配してるか、思いやってるか、分かると思うの」

熱がこもった調子で小川は滔々《とうとう》と述べた。話しながら調子が出て、言いたいことをうまく言葉にできているような気になり、満足感で唇が緩む。きっと萌果にも熱意が伝わって、少しくらいは響いているはずだと感じた。

「ねえ羽山さん。だから少しは大人のことを信じてみても――」

萌果は下瞼《したまぶた》をぴりぴりと引き攣《つ》らせ、遮《さえぎ》るように大仰な溜息をついた。小川へ再び敵意の視線を向け、ようやく口を開く。

「うるっせえなあ、ゴチャゴチャゴチャゴチャ。つーか言うことがいちいち余計なんだよ。なんなんだあんた。人を苛つかせる天才か？」

不意討ちで飛び出してきた暴言に頭を殴られ、小川は凍《こお》りついた。顔色を悪くした小川を見て、萌果は軽く鼻で笑う。

「心にもないようなこと言って。そんなんで懐柔《かいじゅう》できると思ってんだ？　寒すぎ」

幼《おさな》い風貌《ふうぼう》に不釣り合いな嘲笑《ちょうしょう》。悪意の塊《かたまり》を容赦なくぶつけられ、小川は眩暈《めまい》を感じて目頭を押さえた。

「ワケを話せっつってもな。あたしみたいな問題児の言うことなんか、それこそ信じらんねえだろ。ほら、被害妄想が強くて？　虚言癖がありますし？　また何かでっち上げて嘘《うそ》ついてんのかもしれないだろ」

「……羽山さん」

「まあでも、一応指導員として話を聞く体《てい》でやっとかないとまずいもんな？　じゃあ、あんたの評価に響かないように話してあげましょうか？」

完全に小莫迦にした様子でそう言って、次の瞬間には笑みを消す。

「こんなところでグズグズ生きてること自体があたしには苦痛なんだよ。ガキくさいお勉強も道徳も倫理も、あたしには一切必要ない。今更ここで学ぶべきことなんかねえんだ。分かったらあたしを早くここから出せよ」

小川は呆《あき》れ返り、息を大きく吐いて席を立つ。どうやらこの少女には何を話しても無意味のようだ。

「――もう結構。しばらくここで反省してなさい」

萌果の顔も見ずにそう言って、指導室を施錠すると足早に廊下の奥を目指した。

（まったく、何なの）

心なしか荒々しい足音を響かせながら向かう先は職員室だった。

萌果と話すたび、小川はいつも苦い気分になる。何を言っても撥《は》ね除《の》けられ、明確な悪意をぶつけられ、心がささくれ立ってしまうのだ。

今までだって何度となく似たようなやりとりを繰り返して、その都度、自分は大人だからと心に言い聞かせ我慢し続けてきた。しかし、それもついに限界のようだ。

眉を顰《ひそ》めながら歩いていると、小川先生、と廊下の先から声がした。

「……志木先生」

軽く手を挙げてこちらへやってくる志木を認め、小川はいからせていた肩を落とす。足を若干引きずるようにして歩く志木の姿に、痛々しさを感じずにいられない。

「羽山、どうでした？」

問われて小川は首を横に振る。

「どうもこうもないです。反省の色も見えないし、うちじゃもう手に負えないと思いますよ。本人も出たがってますし」

「――ということは？」

小川はひとつ頷き、強い口調で言った。

「志木先生に怪我《けが》をさせたわけですし、傷害にあたると思います。いっそのこと家庭裁判所に事件として送致して、鑑別所に引き取ってもらいましょう。――それがいいです」

そんな、と志木が苦笑する。

「傷害なんて大袈裟《おおげさ》な。まあ脛だからちょっと痛かったけど、女の子の力で蹴られたところで大したことないですって」

「甘いですよ、志木先生」言って、小川は志木を鋭く見やる。「そもそもここ最近は子どもへの体罰批判が厳しくなって、躾《しつけ》でも手を上げたらいけないって言われてるじゃないですか。それを分かって、あの子は調子に乗ってるんです。大人が手を上げたら虐待だ暴力だって言うなら、子どもが大人に手を上げても暴力で間違いないでしょう？」

緩めていた歩調を再び速める小川に、ちょっと待って、と志木が追い縋《すが》ってきて肩を摑んだ。

「落ち着いてくださいよ、小川先生」志木は言って、それから声を潜《ひそ》める。「……君らしくない。羽山にまた何か言われた？」

心配そうに覗《のぞ》きこんでくる志木に、小川の眉が自然と下がる。少しだけ頭が冷えて、怒りが自己嫌悪へと変わるのを自覚した。

「だって、あなたに怪我させるなんて……おまけにあの態度だし、いくら子どもでも許せないでしょ」

「そうだけど、子どもを教え諭《さと》して許してあげるのが大人の務めだよ」

宥《なだ》める口調で言われ、小川は目を伏せる。

「でも、限度ってものがあるじゃない。あの子がどうしてうちにいるか、あなたも知ってるでしょ？　――母親を殺したの。本来なら少年院に行くべきところを、年齢が満たないからって理由で送られてきたのよ」

「知ってるさ。ほとんど正当防衛で、その結果の事故だって聞いた。可哀相《かわいそう》な子なんだろ。あんなにひねくれたのだって」

「可哀相？　どこが？」

皮肉げに笑うと、小川先生、と志木が困った顔で窘《たしな》めるように呼んだ。

その顔を見てまた自己嫌悪に駆られながら、小川は顔を歪《ゆが》めて俯《うつむ》く。

「あの子は普通じゃない。……普通の子どもじゃありえない。いくら成育環境に問題があったからって、あんなふうにはならないはずよ。子どもの可愛げってものがひとつもなくて、小賢《こざか》しくて、口達者で、どこで覚えてきたのか分からないような皮肉だとか、そういうことばかりうまくて」

「そうならざるを得ない背景があった、ってことなんじゃないか」

「だからって、あそこまで捻《ね》じ曲がったらおしまいよ。こっちの言うことなんて聞きやしない」

「諦《あきら》めて投げ出しちゃ駄目だよ。こういうのは時間が掛かる。信頼してやらなきゃ」

顔を上げ、小川はまじまじと志木を見つめる。

「ずいぶん――あの子を庇《かば》うのね？」

「そんなんじゃない」

「足まで引きずってるのに、大した怪我じゃないって。家裁《かさい》も大袈裟だって言うし」

「それは、だって」志木が困ったように笑う。「子どもを更生させるのが俺たちの役目だろ。ちょっと難しい子がいたからって放棄してちゃ、ほかの子からも信頼してもらえないんじゃないか？」

「……だけど」

「大体、学園長がそういうこと認めるわけないと思うな。あの人、外聞《がいぶん》が悪いようなことは絶対やりたがらないだろ。今回のことも大事《おおごと》にしないで内々でどうにかしたがってるんだから」

「でも、あなたが怪我してるのに」

「だから俺はいいんだってば」

苦笑する志木に小川は細く息を吐いた。

志木の言うとおり、隠蔽《いんぺい》気質の学園長を説得するのは骨が折れるだろう。しかし現時点で萌果ひとりにずいぶんと手を焼いているのも確かで、将来に起こり得るリスクを天秤《てんびん》にかければ、早めに手放しておくほうがいいとも判断できる。

学園の懐《ふところ》が狭いのではなく児童に大きな問題があるという論調で押し切れば、学園長も首を縦に振るのではないかという気もしていた。だが、肝心の志木が同意しないのなら、被害を受けたとして送致するのは難しい。

優しすぎる、と小川はどこか恨めしいような気分で思う。

——ほっとけないって思ってるのかもしれないけど。あの子、そんな生易《なまやさ》しい子どもじゃないのに。

「とにかく、先生」

改まった様子で志木が言い、小川は思案から返った。こちらを遠巻きに見る職員の視線に気づき、丸まりかけていた背筋を伸ばす。

「手を放すにはまだ早すぎますよ。もし小川先生には負担が大きいということなら、羽山の指導だけ担当を変えるなり、処置を考えればいいんですから」

それはそれで、自分の力不足と判断されるのは悔《くや》しいものがある。

「分かりました。……少し頭を冷やして、気分を切り替えてみます」

「あんまりひとりだけで背負いこみすぎちゃ駄目ですよ」

志木は言って、爽《さわ》やかな笑顔を浮かべてみせた。

羽山萌果はシングルマザーの家庭で育ったという。母親の佳奈《かな》は二十歳で萌果を産んだが、不本意な妊娠であり、娘の存在が非常に疎《うと》ましかったようだ。萌果は日常的に殴られ、蹴られ、腕や脇腹《わきばら》に煙草《タバコ》を押しつけられるなどの虐待を受けており、食事も満足に与えられなかった。だからなのか、萌果は同年代の子どもと比べてもひとまわりほど小柄で幼い見た目をしている。

事件のあったその日も萌果は母親に虐待されていた。その暴力から逃れるため、当時十歳だった萌果は抵抗し、母親へ体当たりをしたのだ。バランスを崩した母親は家具の角に頭をぶつけてしまい、そのまま亡くなった――これが事件の筋書きらしい。

少年犯罪は家庭裁判所に預けられ、調査を行ったのち、審判を開始するかどうかの判断が下される。軽微な被害かつ初犯の場合、本人の様子と家庭環境を見て再犯防止の指導が充分可能と判断されれば審判不開始となるのが通常だ。しかし萌果の場合は唯一の肉親を死なせているため、審判は避けられなかった。

少年審判は原則として非公開であり、例外を除き傍聴《ぼうちょう》も認められない。裁判官ら数名の大人に囲まれ、保護者のいない萌果はひとりその場に送りこまれた。その中で、事件が正当防衛にあたるかどうかを争点として審判が行われることになった。

調査によって洗い出された事件当時の状況は、虐待の被害者である子どもが正当防衛から母親を喪《うしな》ってしまったと判断できるものだった。萌果に対して可哀相な少女だと同情が集まり、少女の傷が癒《い》え社会復帰を可能とするような最善の処置について、裁判官らは頭を悩ませた。

しかし、裁判官らの温情を裏切ったのは、ほかでもない萌果本人だ。正当防衛を裏づけるために少女の心境を確認すると、萌果は荒《すさ》みきった態度で悪辣《あくらつ》な言葉を吐き、その場の人間を凍りつかせた。事件当時の加害者に防衛意識よりも攻撃意思が強かったと認められれば、正当防衛は成立しない。

審判の結果、裁判官が下した判決は萌果の保護処分だった。少女は自らを虐待する母親に復讐《ふくしゅう》心を燃やし悪意をもって対抗した、という結論であり、刑事裁判を行っていれば過剰防衛による傷害致死罪ということになる。

現在の少年法において、十歳までの児童は刑事責任がなく、少年院送致の措置もない。少年院送致は『おおむね十二歳以上』となっており、この『おおむね』には十一歳も含まれる。この一年の差が命運を分け、萌果は第一種少年院ではなく、児童自立支援施設へ送致されることとなったのだ。……それを幸運と呼ぶかどうかは、判断が分かれるところだろう。

こうして萌果がこの志摩原学園に送致されて一年ほど経つが、あまりにも問題行動が多すぎるため、退所の目処《めど》がまったく立たないというのが現状だった。

問題行動を抱《かか》える子どもの背景には成育環境の歪みがある。機能不全家族のもとで育ったゆえの自己肯定感の低さや、愛着障害による人間関係構築の希薄さや不自由さ、DVなどの心の傷から生まれる代償行動など、挙げ出せばキリがない。そして萌果の成育環境にも人格が歪んでしまう要素はいくらでもある。

……とは言え、萌果の場合はあまりにも取りつく島がなさすぎる、と小川は思う。

過酷な環境に育って歪んだ子どもが大人に対して初めから心を開くことなどない。それは小川にも分かっていた。時間をかけて信頼関係を構築し、少しずつ歩み寄ることで、子どもは徐々に身近な大人を許していく。その柔軟な心に隙間《すきま》を作って寄り添わせてくれるものだが、萌果にはその気配が微塵《みじん》もなかった。

一分の隙もない。頑《かたく》なに閉ざされた壁は堅牢《けんろう》で、長い歳月をかけて要塞《ようさい》のようにできあがってしまっている。歪みが完成されているのだ。小川がどんなアプローチをしても、一切合切《いっさいがっさい》響かない。それどころか、裏にある思惑を見透かして辛辣《しんらつ》な皮肉を投げ返してくるので、参ってしまう。

小川は性善説を信じている。人は生まれながらに善なるものであって、環境の歪みから悪に至ってしまうのだと考えていた。だから子どもたちは本来みな等しく純粋でまっさらな心を持っており、コミュニケーションをきちんと取れば分かり合えるものだと、そう信じていたのだ。

双方の誤解をなくして素直な気持ちで向かい合えば、子どもは大人の誠実さを受け取って、心を開いてくれる。そんなふうに、悪に転んだ子どもたちであっても善に戻ってくることはできるはずだと、更生可能だと思って子どもたちと接してきた。しかしここにきて、その前提が崩れかけている。

……あんな厄介な性格なのだから、親は苦労しただろう。横っ面を張り飛ばしたくなる気持ちも分かってしまう。それだけに留まらず——きっと反発して腹一杯の言葉の暴力を叩きつけてくるだろうから——生意気な口を塞《ふさ》いで反省させるために、風呂場《ふろば》にしばらく閉じこめておきたくなっても、その日の夜ご飯を抜いてやりたくなっても、なんら不思議ではない。寧《むし》ろそれも躾として正当なのではないかと思ってしまうくらいだった。

それを考えるなら、母親の暴力は萌果自身が呼びこんだものであり、萌果の態度が我慢できず、暴力を振るわずにいられなかったのではないかとも解釈できる。それほどまでに萌果という少女は自分勝手で、傲岸不遜《ごうがんふそん》で、憎らしい子どもだった。

一方で、不思議に思うことはある。調査書によれば、事件が起きるまでの萌果は声を荒らげたことなど一度もないような物静かな子どもだったそうだ。学校でも問題行動はなく、生活態度も真面目《まじめ》で模範的な少女。それが、事件を機に一変した。

とはいえ、はっきりとしたことは分からない。単に内弁慶だっただけで、学校ではおとなしくしていても家では違ったのかもしれない。事件のストレス、もしくは虐待を受けるうちに精神に変調を来《きた》したのではないかという声もある。

——過度の精神的負荷が掛かった際、『解離』という防衛反応が起こる場合がある。耐え難い出来事から自己を切り離し、目の前の現実を自分事と捉《とら》えないようにする反応だ。出来事を記憶から切り離す健忘《けんぼう》、現実感を喪失して自分の背後から観測しているような心地になる離人《りじん》などの症状も引き起こされる。

健忘と離人で記憶が切り離されたとき、個別の人格として独立することがあり、こうした症状を総称して解離性同一性障害という。……巷《ちまた》ではこれを多重人格ともいった。

少女がもしそうであるなら、志木の言うとおり、早々に匙《さじ》を投げて手を放すべきではないのだろう。萌果という本来の人格とは異なる暴力的な人格が現れ、事件まで引き起こしたというのならば。

少女のことは大人が守り、救ってやらねばならない。萌果は哀《あわ》れな被害者なのだから。

——と、頭ではそう思うのだけれども。

感情と理性がうまく折り合ってくれないのがことさら難儀であり、小川の頭痛の種であった。

2

「ほんっと、めんどくせえの……」

施錠された指導室で、椅子の上に片膝《かたひざ》を立て、大きく舌打ちをしてぼやく。

「こんなとこにいたって仕方ねえのにさ」

窓の外を見やればグラウンドを走る中学生児童の姿が見えた。

大人の指導の下、体操用のジャージを着た少年たちが外周をぐるぐる走らされている。画一的な格好を強《し》いられ、無意味な運動を強いられることが青少年にとって必要な教育だと言うのだろうか。こうした行動によって鍛《きた》えられる精神性とやらは、果たしてどのようなものなのだろうか？　――そんなことをぼんやりと考える。

自分はここにいるべきではない、異分子だ、と何かにつけ強く思う。なぜならこの学園は逸脱した子どもたちが社会に馴染《なじ》むためのものだからだ。自らの過《あやま》ちを認め、正し、周囲の人々と調和できるように社会性を育《はぐく》むことを目的としている。

しかしながら、自分自身を省《かえり》みて、更生するべきことなどひとつもないと考えていた。自分には反省すべき誤りなどないし、事件についても不幸な事故であって、起きてしまった以上どうすることもできない、天災のようなものだ。他人からどうこうと口出しされようと、今更自分を曲げる気など毛頭ない。学園のやり方は不快なものにしか映らなかった。

だから何度も脱走を図っているわけだが、いつも引き戻されてしまう。ここで暮らすことが最善だと信じてやまない者たちの手によって。

――実際、考えが甘すぎると言われてしまえば否定はできない。無計画に衝動のまま学園を逃げ出しても、大人の足に敵《かな》わないのは明白だ。外には息のかかった者たちもいるわけで、闇雲《やみくも》に行動しても良い結果が得られないことくらい、考えれば分かることだった。

本当に脱走するつもりならもう少し計画的に事を運ばなければならない。気づかれにくい時間帯、見つかりにくい経路、それから街を出るための資金、その調達方法についてもよくよく検討する必要がある。

（勢い任せで動きがちなのは、まあ反省しなきゃいけないとこだよな……）

萌果は小さく嘆息しながらそんなことを思った。

自分の要領の悪さに辟易とすることなどしょっちゅうだ。この学園でも、品行方正な態度を取って模範的に過ごしていればここまで目を付けられることもなかっただろう。もっと遡《さかのぼ》るなら、審判のときに自棄《やけ》にならず、裁判官の作った道筋に乗っかっていれば良かったのだ。そうすれば、彼らの頭に思い描かれていたであろう、筋書き通りの正当防衛を勝ち取っていたはずなのに——なぜそうしなかったのか。

悪い癖だと思う。我慢すればいいと思いながら、ここでの仕打ちに耐えられない。理不尽だと思ったことに立ち向かわずにはいられないし、苛立ちを抑えて本心を呑《の》みこみ、人の言うことを従順に聞くということなど、できた例《ためし》がないのだ。

物分かりよく改心したふりをして、賢く周りの目を欺《あざむ》くことができれば、今頃もう少し自由の身になれていたはずなのだが。——それでもどのみち、行く先は児童養護施設だろうが。なんてことを思うと、ひたすらに気が重くなってくる。

立ち上がり、その場をぐるりと見まわした。出入り口となるドアには鍵《かぎ》。四方は厚い壁で囲まれており、隣の部屋との繋《つな》がりはない。窓はいわゆる嵌《は》め殺《ごろ》し窓で、眺望や採光のみを目的とした開くことのない窓だ。

近づいて、確かめるように窓を数回ノックしてみる。

「うーん……」

少し考え、それからパイプ椅子の背に手を掛けた。

窓を破るつもりで振り上げた瞬間に、ドアのほうから鍵を差しこむ音がする。

「――羽山萌果、出てこい！」

男の声が飛んできて、萌果は顔を顰《しか》めながら椅子を下ろした。……志木だった。

「今日のところは寮に戻れ。しばらく謹慎だ。分かったな」

冷たく見下ろしてくる志木を無言で一瞥する。

「返事は」

萌果は答えず、隙間をすり抜けるようにして部屋を出た。そのまま去ろうとする萌果の腕を、志木が引き留めようと摑んでくる。

「待て、寮まで一緒に――」

「触んじゃねえ！」

皆まで言わせず、萌果は手を振り払い、今にも嚙《か》みつかんばかりの調子で声を上げた。

怯《ひる》んだ様子の志木を睨みながら、心底不快げに触れられた箇所をはたいてみせる。

「ひとりで帰る。ついてくんなよ」

「あ、あのなあ！　そういうわけにはいかないんだよ。こっちには監督責任が……」

「先生。それなら、わたしが送ります」

志木の後ろからジャージ姿の少女がふいに現れた。死角になっていて分からなかったが、どうやら最初からそこにいたらしい。

「……ふたりだけで大丈夫か？」

「先生がわたしのことを信じてくれるなら」

志木は僅《わず》かに面食らった顔をしつつ、少女をしばらく見つめ、それから頷く。

「ありがとうございます」

少女は会釈《えしゃく》をし、萌果のほうに向き直った。動きに合わせ、耳の下で結ったおさげが軽く跳ね上がる。

「行こっか。羽山さん」

少女は言って、手を握ってくる。萌果はその手と少女の顔を見比べた。

「触んなって」

「あ、ごめん！　じゃあ、これならいい？」

慌《あわ》てて少女が手を放し、今度は萌果の袖《そで》を摑む。脱走防止だということは言われずとも分かっているので、萌果はそれ以上の追及をやめて、不承不承といった調子で少女と歩き出した。


志摩原学園の本館は大正時代に建てられた木造校舎を流用して造られたものである。老朽化を理由に木造からＲＣ造へ建て替えられたが、迷路のように入り組んだ広く複雑な造りは健在だ。

指導室のある三階から、角をひとつ曲がって、隣の棟に続く渡り廊下を歩く。そこから階段を降りて下足箱へ向かい、外に出てさらに階段を降りる。中庭を横切り、グラウンドを横切って、菜園を過ぎ、奥へと続く道を進んでいくと、ようやく寮が見えてくるといった具合だった。

「……また、脱走騒ぎ起こしたんだって、ね？」

下足箱で靴を取り替えながら、少女が遠慮がちに声を掛けてくる。

少女は萌果と同じくなつめ寮に住む中学生児童で、日野梓《ひのあずさ》という。寮の中でも優等生としてよく大人の言うことを聞き、よく面倒なことを押しつけられたり抱えこんだりするタイプの少女だ。馴染みの顔だが、萌果と仲が良いわけではない。というよりも、萌果はこの場所に親しい友人をひとりも持たなかった。

「羽山さんはそんなにここが嫌い？」

靴を履き替えて外に出れば、長閑《のどか》な鳥の囀《さえず》りが聞こえてくる。

敷地内には緑が多い。寮舎の背面には山があり、遠足などの行事の際にはそこへ登るのが決まりとなっている。自然豊かな環境だが、山から時々小動物がやってきて菜園を荒らしにくるのが悩みの種だった。

「嫌いってより、ここにいても意味ないんだよな」

「意味？」

「あたしのいる場所じゃないっつーか」

ふふ、と梓は小さく笑った。

「そういうの、本で読んだことあるよ。羽山さんってもしかして、異世界に行きたい人？」

覗きこんでくる梓に、萌果はげんなりとした顔をする。

「なんでそうなんだよ……てか、異世界って何」

「ほら、よくあるでしょ。ここじゃないどこかに行きたい、みたいな」

「……それさあ、マジ意味分かんねえし。ここじゃないどこかってなんなんだよ、ここしかねーじゃんって感じなんだけど」

梓は意外そうに目を丸くして、小首を傾《かし》げた。

「じゃあ、羽山さんは外に居場所があるの？」

「居場所？」

「自分がいてもいい場所、所属して落ち着ける場所が、学園の外にある？」

「べつにねえけど」

足取りの重い萌果に合わせるように、梓もまたゆっくりと歩を進めている。萌果は冷めた目でグラウンドを見やり、部活動をする児童たちを眺めていた。

「わたしも、外には居場所がないんだ。だからここが唯一かな」

言った梓をちらりと見上げる。彼女の目もまたどこか遠方に向けられていて、視線が交わることはなかった。

「唯一、ねえ……」

含みのある声で言って、萌果は嘆息する。それを受けて、梓は少し怪訝《けげん》そうに萌果を見た。

「なにか変？」

「……ここを自分の唯一の居場所だって決めつけんのは、早いんじゃねえの」

「そう？　でもわたし、家にも学校にも、どこにも居場所、ないんだよ？　どこにいてもわたしは透明人間で、いてもいなくても一緒なの」

「へえ。無敵じゃん」

「無敵？　そうかな。透明なのは寂《さび》しいよ。誰も構ってくれない、関わってくれないの。誰にも見てもらえなくて、ほっとかれるのは悲しいよ」

「……まあ、そうかもな」

「そうだよ」

萌果は幼い記憶をふと思い起こす。

――相手にされず、構われず、ひとりで生の食パンを囓《かじ》るような生活。それが寂しく悲しく惨《みじ》めだったかといえば、否定はしない。

しかし辛《つら》くてたまらなかったかと問われれば、自分は首を横に振るだろう。ひとりきりよりも遥《はる》かに我慢ならないことがあった。それは酔った母親が、見知らぬ男を家に連れ帰ってくることだった。

ふいに梓が立ち止まって、袖を引かれたままの萌果はつんのめる。なんだよ、と振り返ると、梓は寮舎のテラスを指して言った。

「もうちょっと話、していかない？」

――羽山さんはここの何がそんなに不満なのかな？

ガーデンチェアに腰をおろし、どこかお姉さんぶった調子で梓がそう訊《たず》ねてきた。萌果はその余裕たっぷりに細められた目を見返す。奇妙な少女だ、と思いながら。

「指導員の真似ごとでカウンセリングされてもな」

「やだ。そんなつもりじゃないよ、わたし」梓はそう言って、小さく肩を竦《すく》める。「ただ知りたいだけ。どうしてそんなにここを出ていきたがるのかって」

萌果は半眼で梓をじろりと見る。胡散臭《うさんくさ》い、という心の声が顔に表れた。

「べつに、誰でもそうだろ。早くここを出て普通の生活に帰りたい、友だちに会いたいって言ってる奴はいっぱいいるし。――あんたは違うわけ？」

「わたしは、違う」はっきりと梓は答え、そして言う。「わたしだけじゃなくて、ほとんどの子ができるだけ長くここにいたいと思ってるはず。わたしたちには居場所なんてほかにないんだから」

「さっきも言ってたな、それ――居場所がないって」

梓は頷く。

「ここに来るのは、ほとんどが家に居場所がない子たちばっかりだよ。わたしみたいにね。家にいたくなくて夜通し街をぶらついたり、友だちの家に溜《た》まったり、悪い子とつるんだりして補導されるような、そういう子ばっかり。最近は親から虐待を受けたり放置されたりする子が保護されてることも多いし。だから逆に、羽山さんみたいな子は珍しいの」

児童自立支援施設は主に虞犯事由の認められる子どもが入所する施設だ。萌果のように重犯罪を犯した子どもはほとんどが少年院に送致される。萌果がそうならなかったのは、事件当時の年齢が十歳と幼かったからだった。

「あたしみたいなのは少年院のほうがお似合いだってことね」

言って、萌果は椅子の背に深く凭れかかる。梓は少し慌てた様子で言い添えた。

「違うよ、そういう話じゃなくて。……ここが嫌で逃げ出そうとする子は、羽山さん以外にもいるし。でもそういう子って、来たばっかりの子とかが多くて。慣れたらそういうことも少なくなるから」

「慣れの問題か？」

「やっぱり、いきなり違う環境に来ちゃったら、家に帰りたいって思うのは普通のことだと思うよ。それはわたしもそうだったし……家がひどい場所だとしても、なんにも知らないところよりはマシ。でもね、しばらく暮らしてたら、ここもそんなに悪くないっていうのが分かってくるじゃない？」

「そういうもんかねえ」

相槌《あいづち》を打ちつつ、言葉を探るようにしながら言う梓を観察する。話をどういう流れに持っていきたいのだろうか、と思った。

「それにほら、ここって優しい先生が多いでしょ？　相談にもちゃんと乗ってくれるし、子ども扱いしないで大人として尊重してくれるっていうか。だから、どうしても出ていきたくなるような厭なことがあるなら、先生だってどんなことなのか知りたいはずだし、わたしも知りたいと思うかな……。それが分かれば、今よりずっとみんな快適に過ごせて、ここがもっと居心地の良い場所になると思うの。もちろん羽山さんにとっても」

ね、と笑う梓に、萌果はぼそりと呟く。

「小川よりあんたのほうが指導員向きだな」

「え？」

「なんでもねぇよ。――あんたやっぱ、誰かに頼まれたんだろ？　あたしの話を聞いてやれって」

「そんなこと……」

「志木に頼まれたか？」

梓はどこか気まずそうに俯いた。沈黙する梓に、萌果は嘆息する。

「同じ寮っても今まで接点なくやってきて、いきなりそんなに関心向くことねえもんな？　あたしみたいなはぐれ者、なるべく関わらないようにしたいってのが本音だろ」

「そ、そんなことない……。羽山さんのこと、ずっと気になってたよ？」

「どうだか」

一転しておろおろしはじめた梓は、『頼りになる姉』の仮面を被《かぶ》り損《そこ》なったように見えた。何かになりきるにはまだ不十分で未熟。そういうところは年相応の少女らしい。

思惑を見透かされてばつが悪いのか、梓は黙りこくってしまった。テーブルに視線を落としてしきりに瞬《まばた》きながら眼《め》を泳がせている。

もういいだろう、と萌果は立ち上がった。これ以上、この少女に付き合う義理もない。

「待って、お願い！　わたしの話を聞いて……！」

「じゅーぶん聞いたよ」

「そうじゃなくて……」梓は切迫した顔をして、萌果に訴えかけてくる。「わたしのこと、羽山さんに聞いてほしいの」

んん、と萌果は眉を顰めつつ首を傾げる。

入所している児童には様々な事情があり、個人的な過去話などは基本的に御法度《ごはっと》だ。寮の職員に知られたら罰を受けるかもしれない。梓にしても自分のデリケートな話を萌果に打ち明けるメリットはないはずだ。

なぜそうも必死になるのか、さっぱり理解できない。そうまでして志木との約束を守りたいのだろうか。

めんどくせえな、と思いながら渋々《しぶしぶ》席に座りなおす。梓は安堵《あんど》したように小さく息を吐くと、目を伏せて告解《こっかい》でもするかのように指を組んだ。

3

——梓が萌果に語って聞かせたのは非常に長い身の上話であった。

話を要約するとこうである。

梓は仕事の忙しい母親に半《なか》ばネグレクトじみた対応をされ、内気な性格から友人もできずに孤独な日々を送っていた。

小学校の高学年になった頃、些細《ささい》なきっかけから駄菓子屋で万引きに手を染めた。想像よりも簡単に成功したその行為にスリルと楽しさを見出《みいだ》し、梓はゲーム感覚で万引きを繰り返すようになったのである。

とはいえ同じ店で何度も万引きをしていればいつかは足が付くもので、何度目かの折、梓はとうとう駄菓子屋の小母《おば》さんに現行犯で捕まえられこっぴどく叱《しか》られたのだった。

駄菓子屋の小母さんは万引きに腹を立てていたが、親身になって梓の話を聞いてくれたらしい。誰にも構われなかった梓は真剣に向き合ってくれる相手が現れたことで、薄暗い喜びを覚えた。迷惑を掛けて人の気を引くことによる『成功体験』を得てしまったのだ。

叱られて心から申し訳なく思い反省したはずだったのだが、梓は不思議と再犯した。二度三度とそんなことを繰り返すうちに駄菓子屋の小母さんも呆れ、ついに母親へ連絡されてしまったのだった。

平身低頭して謝罪する母親を見て梓はひどい罪悪感に苛《さいな》まれた。大変なことになったという実感はじわじわと訪れ、母親からの懲罰をひたすらに心配した。ひどく怒られるか、完全に無視されるか、それとも捨てられてしまうのか……。

ところが予想に反して母親は梓に優しく接した。寂しい想いをさせたことを謝り、忙しいながらも梓と向き合う時間を作るようになったという。

梓は嬉しくなり、いい子になって二度と母親を悲しませない、万引きも二度としないと心に誓った。

……にも拘わらず、やはり梓は再犯した。中学に入り、環境の変化や様々な要因で溜まったストレスを発散させるかのようにまた万引きを再開してしまったのだ。

梓は決して、その場凌《しの》ぎの反省をしているつもりはない。もうこんなことは辞めよう、と心から思ったはずだった。万引きはいけないと理解していたし、罪悪感だってあったにも拘わらず、その行為はやまなかったのだ。

スーパーでお菓子を、雑貨屋で文房具を、目についた様々なものを持っていった。時に洋服や装飾品まで。昔のようにポケットや服に隠すのではなく、大きなバッグを持ちこみ、そこにぽんぽんと入れて盗んだという。

行為が常習化すると、どうしても慎重さが失われてしまう。あるとき、いつものように万引きしていた梓は、ヘアゴムをバッグに入れた瞬間、店員に腕を掴まれて事務室に連行されたのだった。

事務室でバッグを引っ繰り返すと、ほかの店から万引きした品を含め、数十点もの商品が転がり出てきた。それでついに窃盗罪として警察を呼ばれたのである。

梓はここに至ってようやく事の重大さを理解した。自分がこれからどうなるのか、不安を覚えて震える梓に対し、ひとりの女性警察官が励《はげ》ましの言葉を掛けてくれたそうだ。梓は彼女に様々な話をした。学校にも家にも居たくないこと、母親のことなど……。

自分がどうなるのかは分からないが、もし無事に家に帰れるのなら、母親はまた自分の行いを反省して優しくしてくれるだろうか——そんなことをただ考えていたそうだ。

「父親はどうしたんだよ？」

萌果が口を挟むと、梓は虚を衝《つ》かれた様子で目を丸くする。

「お父さん？　いないけど、どうして？」

ごく当然のことのような口振りだったたし、父親の所在を改めて訊《き》かれるのを訝しがるようでもあった。

「――どこ行った？」

「知らない」

答える梓の声に、どうでもいい、という感情が滲んでいた。

「小さい頃は、仕事で忙しいってお母さんが言ってたけど。全然帰ってこないし、多分ずっと昔に離婚でもしたのね。お母さんは、お父さんのことなんにも言わなかったもん。

――だけど羽山さんも、お父さんいないんでしょ？　そう聞いたけど？」

「まあね。あたしが知ってる父親って奴も、すぐ蒸発する煙みてえな奴だったけどさ。

……こう、母親ばっか全責任押しつけられてる感じ、なんだろうな？」

苦い調子で言うと、梓が意外そうに瞬く。

「なんだかびっくり。羽山さんってお母さんのこと嫌いかなって思ってたけど、そうじゃないんだね」

「……いや、嫌いだよ」萌果は言って、顔を顰めた。「好きなわけねえだろ。母親ってのはさ、厭なもんだよ。たまんねえ」

「ふうん？」

梓が腑《ふ》に落ちない様子で首を傾げる。

萌果は一度辺りを見まわし、それから口を開いた。

「あのさ。結構長くハナシ聞いたと思うんだけど」

「あ……そうだね。ごめんね。わたしの話なんて、羽山さんにはつまんなかったよね」

「つまんないっつーか、正直、なんでそんな話をあたしに聞かせるわけ？　って感じなんだけど」

目を伏せた梓が困ったように笑う。

「……こんな人もいるんだって知ってほしくて」

「知ってどうなんだよ？　あたしよりさ、ここの大人にでも聞いてもらったほうがいいんじゃねえの？」

萌果が言うと、梓は小さく嘆息して目を上げた。

「聞いてもらったよ。わたしがここに来た理由。ここに来るまでどうしてたか。いまさっき、話したとおり」

つまり、梓は窃盗罪で逮捕されたのちに保護処分となり、この志摩原学園に入所することとなったのだ。母子家庭であること、母親との関係が良好でないこと、万引きの常習犯であることなどが決め手となった、と梓が言う。

「羽山さんも、先生たちと課題決めしたでしょ？　ここで何をして、どうなるのが理想なのか、自分がどうしたいのかとか」

「したような気もするけど、あんま覚えてねえな。何回かコロコロ変わってるし、最終的にどういうことになったのか忘れたよ」

さして興味もなさそうに頬杖をついて投げやりな調子で言えば、梓は目を細めた。

「わたしのことを話しても、羽山さんにはあんまり意味のないことみたいだけど。……わたしはね、まず自分のしたことを反省して。それからお母さんとの関係を見つめ直して、あとはいろんな人と関わって知るようにって、先生と話し合って決めたの」

「へえ」

「わたし、志木先生が好きなの」

「あ？」

いきなりの言葉に驚いて、萌果は思わず仰《の》け反《ぞ》りそうになった。

「志木先生はいつもわたしの話を親身になって聞いてくれる。わたしを見て、わたしに期待して、なりたい自分になれるよって、言ってくれるの」

「はあ……」

「先生がわたしを信じてくれるから、わたしここまで来れた。わたし変わったの。お母さんのことも。いままでお母さんにすごく依存してたって教えてもらったし、自立するために何が必要か、わたしがどうすればいいか、全部分かった。先生が教えてくれたの」

梓は目を大きく開けて一点を見つめ、熱っぽい調子で言う。心なしか先ほどより早口になり、声が上擦っていた。

「わたし、信じてくれる先生のために、自立した大人になりたい。先生をがっかりさせない、期待に応《こた》えられるような、相応《ふさわ》しい大人に。ここを出て、高校に通って、できるなら大学にも行くの。先生に恥ずかしくないように人並みに立派な大人になって、そうしたら先生もきっとわたしのこと……」

萌果は目を瞬《しばたた》かせ、ひくりと下瞼を引き攣らせた。

――あいつなんかやめとけって言ってやりたいけど、聞きそうにねえな。

そんなことを考えていると、梓が急に立ち上がった。驚いて見上げる萌果を、梓は妙に爛々《らんらん》としたままの目で見返してくる。

「自分のことを話したら、何か通じるかも仲良くなれるかもって思ってたけど……あなたやっぱり違うみたい。わたしが間違ってた」

眼光はぎらぎらとしているが、梓の声と表情は唐突に冷えていた。

「わたしがあなたに言いたいのは、志木先生に迷惑かけないでってこと。それだけ」

そう言い放つと、梓はおさげを翻《ひるがえ》して寮舎へ入っていく。自分のやるべきことはすべてやった、とでも言うかのような清々《すがすが》しいほどの足取りだった。

「はあ、そうですか……」

取り残された萌果は呆然《ぼうぜん》と呟く。長い話を聞かされた徒労感に肩を落とした。

「ねぇ……やっぱり私、納得できないいんだけど……」

耳馴染みの薄い洋楽を聞き流し、移り変わる夜の景色をぼんやり眺めながら呟く。

「納得できない？」

「――羽山さんのこと」

ああ、と運転席から小さな苦笑が漏れた。

「美加《みか》は仕事人間だな」

「誤魔化さないで」

「誤魔化してない。それ、今ここでしなくちゃいけない話？　勤務時間はとっくに終わってるんだけど」

彼を振り返ったとき、車はちょうどトンネルに入ったところだった。暖色の明かりに照らされた彼の顔には濃い影が落ちこんでいる。そのせいなのかずいぶんと疲れているように見え、痛ましく感じた。

「だって……遼太《りょうた》のことが心配だから」

「心配？　俺の判断を信用してないって意味じゃなくて？」

「そんな――まさか」

「美加にとっての俺ってさ、未《いま》だに実習生で何も分からなかった頃のままじゃない？」

そんなことない、と首を横に振る。

確かに、初めて出会ったとき彼は大学生だった。純朴そうな彼を見て、自分が先輩として教え導いてやらねばと思ったものだ。けれども、それは既に昔の話である。

「遼太は子どもたちに慕《した》われるような良い先生になったって思ってるよ」

「本当かなあ」

茶化《ちゃか》すような笑い声を聞きながら、僅かに目を伏せてシートベルトを摑む。

彼の評判は職員からも子どもからも上々だ。特に女子からの人気は妬《ねた》ましくなるくらいに良い。

「美加のほうが長く子どもたちのことを見てきて、俺よりずっとよく知ってることは分かってるよ。君の判断はいつだって正しい。見習うことばかりだ。……でも、正論だけじゃ子どもはついてこないよ」

「それは……そうかもしれないけど」つい唇をとがらせて言う。「子どもと思って甘く見ないほうがいいよ。あの子、妙に知恵がまわるし、口なんか大人顔負けだし――深い事情もありそうだし」

「どういうこと？」

軽く笑いながらも彼が怪訝そうに訊ねた。

「あの子、もしかしたら多重人格なのかも……調査書にも『疑いあり』って書かれてたでしょ？　小さい頃から虐待を受けてるような子は特にそうなりやすいって。私も詳しくは知らないんだけど」

物憂《ものう》げに目を伏せながら答えると、へえ、と彼は興味深そうに相槌を打つ。

「――それで？」

「多重人格って、自分の中に年齢も性別も全然違う人格を生み出してしまうって言うじゃない？　あの子は本当に荒んでて暴力的だし、一筋縄じゃいかないと思うの」

言えば、彼はどこか不敵な笑みを浮かべた。

「大丈夫。相手は小さい女の子だ。俺は全然怖くないよ」

そうじゃなくて、という言葉が喉元《のどもと》まで出かかり、どうにか呑みこむ。

――いまいち話が嚙み合っていないような、この拭《ぬぐ》えない不安は何だろう。

「それよりさ、明日はお互いに休みだったよな」

「ああ、そういえばそうだっけ」

「じゃあ今夜はゆっくりできるね」

いつの間にか太腿《ふともも》の上に置かれた手が、すす、とスカートの下へ潜りこもうとした。

「こら」その手を軽くはたいて、「家に帰るまでが仕事ですよ。志木先生」と叱りつける。

はあい、と拗《す》ねた子どものような返事をする彼に、小川はくすくすと笑った。

4

「ろくな奴がいやしねえ」

雑巾《ぞうきん》を絞《しぼ》りながら、萌果はふっと溜息をつく。

謹慎処分ということでしばらく学校に通えない。……それ自体はべつにどうでもいい。この期間は職員以外の誰とも話してはいけないことになっている。……これもべつにほぼいつも通りなので問題ない。

謹慎中の一日のスケジュールは、寮舎を綺麗《きれい》に掃除して、料理や後片づけを手伝い、菜園の世話をして、余った時間で壁と向かい合い、反省文を書かされる、というもの。……さすがにこれは、聞いているだけで怠《だる》くなってくる。

寮生が学校に出払い、職員と自分だけになった静かな寮内を虚《うつ》ろに見まわす。開いた窓の外から鳥の声が聞こえてきて、牧歌的でどこか間の抜けたような空気を感じた。

「さて、と」

部屋に戻って机に向かい、軽く鉛筆をまわす。四百字詰めの原稿用紙と対面して、溜息をひとつ。

反省を強いられている。こんな文章を書いたところで何が変わるということもないのに、ただ反省させたという結果のほしい管理者が、形骸《けいがい》化した誠意を求めてくる。内心がどうあれ、要は『反省している様子』を感じさせる文章を書けばいいわけだ。国語のテストの設問に対する解答と同じようなものだろう。そう思いながら萌果は国語辞典のページを繰って鉛筆を握り直す。

――私《わたくし》、羽山萌果は、学園を脱走しようとしたことを反省しています。脱走を図ったのはもう、(何度目だっけ？　六？　七？　あいつなんつったっけ、今月に入って、確か三回……か？)三回目のことになりますが、今回は脱走する際に、志木先生(……ケッ)に対して暴力を振るってしまい(骨の一本くらいは折ってやりたかったな)許されないことをしてしまったと思います(誰に許されねえんだ？　あたしは全然許すけどな)。

萌果は手を止め、原稿用紙を眺めた。

「私、はひらがなにしとくか。あともうちょっと盛っとくか？」

――わたくし、羽山萌果は、この志摩原学園を不届きにも脱走しようとしてしまったことを、心から反省しております。わたくしがこのように脱走を図ったのは、早いもので、今月すでに三回目でございます。今回、わたくしは、この志摩原学園を不届きにも脱走しようとする際に、教員である志木先生をあろうことか蹴飛ばしてしまい、このような暴力を振るうなどということは学園内の規律を乱すことに繋がる、たいへんに由々しき事態であって、とても許されることではないと、心より反省している次第で、誠に申し訳なく、すまないことをしたと、我が身を非常に情けなく感じており、不徳の致すところと、深く恥じ入っている次第でございます。


「超ウケる。さすがにこれはクドすぎだわ」

萌果はけたけた笑い、行の後ろから消しゴムをかけた。

「あ、やっべ」

力が入りすぎていたのか紙が破れてしまい、そのまま用紙をくしゃくしゃと丸めてゴミ箱に突っ込む。

「反省、反省ねえ……マジでなんにも悪いことしてねえし、どうすっかなぁ。適当にそれっぽいこと書いてりゃ埋まるだろと思ってたけど、五枚も書くことねえんだよな」

名前シールの貼《は》ってある鉛筆をまわしながら、萌果はぶつくさとぼやいた。

――学園をぬけ出そうとし、一生けん命に走りましたが、私はすぐにつかまりました。

「こら！」

先生が言いました。

「なにやってるんだ！」

「けしからん！」

「まったく！」

そうやって、先生たちにおこられながら、私は車に乗せられました。

でも、いいんでしょうか？　こんなこと？

いやがっている子どもをムリヤリつかまえて、車におしこむなんて、ゆうかいみたいです。小学校では、こんなことは、されたことがなかったですよ。

それなのに、学園をぬけ出したからって、こういうことされるのって、これって、いいんでしょうか？　どうなんでしょう？

私は児童虐待だと思います。


「羽山さん、反省文は書けましたか？」

顔を合わせるなり松浦《まつうら》に問いかけられ、萌果は口許《くちもと》だけにへらと笑んだ。

寮の宿直職員は交替勤務制となっており、その顔ぶれは日々変わる。なつめ寮では三名の女性職員がローテーションを組んでおり、本日はこの松浦が当番だった。

萌果にとって誰がいい、ということは特にない。誰であろうと一緒だが、ひとりひとりの教育方針は若干異なるため注意が必要だった。

松浦は推定四十代で、長い髪を引っ詰めて一本結びにした化粧っ気の薄い職員だ。面長で表情が乏《とぼ》しく、能面のような顔をしているのが特徴的だった。

この松浦は礼儀作法にうるさく、特に言葉遣いについては厳しい職員である。不適切な言葉遣いで話しかけると完全無視するといった徹底ぶりで、扱いが面倒だと萌果は感じていた。

「紙なくなったんで新しいのもらえます？」

「……そんなにたくさん書いてるの？」

「いや、ボツが多くて」

松浦は呆れた顔で萌果を見たが、仕方なさそうに原稿用紙の束《たば》から数枚を取って渡してくれた。

「せんせーはどんな反省文が好きですかあ？」

軽薄な調子で問うと、じろりと萌果を睨んでくる。

「素直で嘘や創作がなく、自分自身で読み返してよいと思えるもの。他人の目を気にするものではありません。そもそも誰のために反省文を書いているのかということですよ」

「了解でーっす！」

長々とした話が始まってはたまらないので適当に遮って退散する。

またひとりで机と原稿用紙に向かい合って、萌果はふうっと息を吐いた。

……考えれば考えるほどに世間というものは理不尽で、社会というものは理想と現実の落差が激しい。きっと今ある社会を悪くしようとは誰も思っていないはずだが、善意は空回りしてすぐに転倒する。この学園も恐らくはそうなのだろう、と思う。

（あたしが言えることじゃないんだろうけど）

萌果は天井を仰《あお》いだ。元は綺麗な白だったのかもしれないが、今では煤《すす》けてどこかぼんやりとした色になっている。それがそのままこの学園の内実を表しているように思えた。


——わたくし羽山萌果は、学園を脱走し、その際に志木先生に対して暴力を振るってしまったことを反省しております。如何《いか》なる理由があっても暴力を振るうということは決して良くないことだと考えます。

「これはあまりにも、見え透いた嘘だな……」

——学園の脱走、および暴力について、誠に申し訳ありませんでした。


「なーんか、書いてて胃がムカムカしてくんだよなあ……」

少し書きかけては原稿用紙をぐしゃぐしゃと丸める。

「こんなもんデタラメに適当にそれっぽく書いてりゃいいだけなのに。——心にもないことなんか書けない、ってか。ばっかみてえ。我ながら面倒な性格だわ」

自嘲《じちょう》気味に呟いて椅子に凭れ、煤けた天井を仰いだ。

敢《あ》えて嘘をつくこと、舌先三寸《したさきさんずん》の言葉を放つこと、創作して書くこと、それらが苦手でたまらないから世渡り下手で要領が悪い。表面だけ取り繕《つくろ》うことを躊躇《ちゅうちょ》するような莫迦正直さを持っていたところで、良いことなどまるでないのは分かっているのに。

(何をやっても嘘っぱち)

つくりものの文章と、つくりものの反省と、つくりものの姿形。

(だって、あたしは萌果じゃない)

思いながら目を瞑《つぶ》ると、緩やかに睡魔が押し寄せてきた。

目的のない日々の無為な一日を消費している。そう自覚しながら深呼吸する。

……そうして結局、反省文は白紙のままで提出することになり、松浦からはこってりと絞られた。

二章

1

——本当なんだって。あたしは萌果じゃないんだよ。

怪訝な顔をする目の前の相手へ必死になって訴える。

——こんな話は信じてもらえないだろうけど、本当なんだよ。あたしじゃないんだ。

どれだけ言葉を尽くしてみても、呆れと困惑の入り交じった目を向けられるばかりで、まともに取り合ってもらえない。

——錯乱してるんだろう。

——可哀相に。

——あんなことがあったあとじゃあ、仕方もないか。

——それとも罪の意識から嘘を？

——大人を騙《だま》そうとして？

——本当にそう思い込んでるのかも。

完全に蚊帳《かや》の外で議論され、無力感に歯噛みする。こうも話が通じないものか、と愕然《がくぜん》とした。

思い返してみればいつもそうだった。周りの大人たちはいつだって、自分をまともな人間として扱わなかった。言葉は耳から耳へすり抜けるばかり。お前に何が分かる、と頬を張られて思考停止の罵詈雑言《ばりぞうごん》を吐かれるばかり。

ああ、そうだった。自分はそうやって踏み躙《ふにじ》られるばかりのちっぽけな存在だった。それを今更のようにまざまざと思い知らされる。

……お前の話すことに聞く価値はなく、お前の話すことを信じる意味もなく、お前が存在する理由はこちらで決め、お前が従順な奴隷でなければ生かしておく必要もない。お前が何者であるかはこちらで解釈し、お前に相応しい処遇を与えてやろう。

文句があるなら死ね。

そういうことだった。


寝苦しさに耐えかね、眉を顰めながら目を覚ます。着ていたパジャマが大量の汗で湿っており、如何にも不快だった。

ふと息を吐き、軽く口を開ける。奥歯をきつく噛み締めていたらしく、顎に重い感覚が残っている。また歯ぎしりでもしていたのだろう。

(胸糞《むなくそ》悪い夢見た)

最悪な気分で朝を迎えるのはよくあることだ。体はあちこち痛んで重く、頭も重い。枕《まくら》が合っていないのか、布団が重すぎるのか。いちいち不快な寝起きの原因を追及する気にもならないが、ひどく寝汗をかいていたのは気温のせいではないらしい。室内は涼しかった。

萌果は半身を起こし、慌ただしくも無言でせかせかと動きまわるルームメイトを一瞥した。同室の彼女たちは萌果よりも先に起きたらしく、それぞれ身支度を整えている。

長い謹慎期間がようやく終わった。今日からは、ほかの寮生と同じように学校へ通う生活が再開する。

とはいえ、謹慎が明けるのを心待ちにしていたわけではない。萌果にとっては同じくらい辟易する日々に戻っただけだ。謹慎期間もそうでない日も、ここにいる以上、苦痛であることに違いなかった。

「羽山さん何してるの。あなたも今日から学校でしょ」

寮生たちが部屋を出ていくのを横目に居座っていると、堀内《ほりうち》が苛々とした様子で呼びにきた。堀内はなつめ寮の担当の中で最も短気な職員だ。表裏も激しく、児童の前では基本的に不機嫌な態度を隠さないが、ほかの職員の前では不必要なほど愛想《あいそ》がいい。

「行きたくない」

「莫迦言わないで」

堀内は鼻で笑って一蹴《いっしゅう》すると、萌果の腕を摑んで部屋から引っぱり出した。列の先頭へ連れていかれ、萌果は据わった目で堀内を睥睨《へいげい》する。彼女は萌果のほうをちらとも見ずに歩きだした。

非常に不愉快な話だが、萌果の小柄で非力な体ではこうした力ずくの強制にひとつも抗《あらが》えない。足を踏ん張ってみても引きずられるばかりだし、柱にしがみついてもすぐ引き剝《は》がされる。

（ガキは嫌いだ。無力すぎて腹が立つ。こんな奴にも負けるし）

腕を無遠慮に——痛いほど摑み、脇目も振らず校舎へ歩いていく堀内の背中を萌果は睨めつけた。

背後からは絶えず足音が聞こえてくる。堀内の注意は前にのみ向いているので、こっそり列を抜けることなど容易だろう。体を捻《ひね》って背後を確認すると、寮生たちはひとりも欠けずに後ろをついてきていた。

（生真面目《きまじめ》な奴ら）

思いながら息を吐く。彼女たちの従順さに呆れ、厭な気分になった。

（こんなところにいて何になる）

社会にとって、誰かにとって都合の良い存在として調教されることが自立なのか？

……そんな問いをぶつけたところで、恐らくこの堀内にはまともに答えることなどできないだろう。逆上して論点をずらした的外れなことを喚《わめ》くだけに決まっている。

考えている間に、校舎は目の前に迫っていた。

「皆さん、おはようございます」

玄関で出迎えたのは小川と志木である。

——志摩原学園には葉瀬《はぜ》中学校分校が開設しており、中学生児童は分校のあるこの教育棟で授業を受ける決まりとなっている。一方、学園内には小学校の分校も分教室も未だにない。小学生児童が極端に少ないからだ。分校や分教室を設けて教師を招く代わりに、小学生児童の授業は職員である彼らが担当していた。

各寮の職員はここで初等科の児童を預け、引き続き児童を中等科の教室へ引率する。初等科の児童は三名のみなので、なつめ寮の女児二名といぶき寮の男児一名が玄関先で合流したのち教室へ向かう決まりだ。

小川と志木の脇には既にいぶき寮から来た男の子が退屈そうに立っていた。全員が揃ったのを確認して、教室へと歩いていく。

「久しぶりね、羽山さん」小川が如何にもな愛想笑いを浮かべて言う。「学校、恋しかったでしょ?」

「ぜんぜん」

無視しても良かったが一応答えておいた。相変わらずの様子に、萌果は反吐《へど》が出そうな気分になる。

「なんだ、こいつちっとも変わってねーぞ。反省してねえじゃん」

「林田《はやしだ》。そういうこと言うんじゃない」

「だって」

志木に咎《とが》められ、男の子が不満そうに唇をとがらせた。萌果は相手にせず、素知らぬ顔で歩く。

「中野《なかの》さんが羽山さんのこと心配してたのよ。早く一緒に勉強したいって言ってたもの。

ね？」

小川が言って、俯いて口を閉ざした女の子に声をかけた。女の子は顔を上げ、萌果と小川の顔を見比べて小さく頷く。

「ほらね」

期待をこめた様子で小川が言い、萌果はそれを聞き流した。

――中野とは同じ寮どころか同室だが、話すことはおろか目を合わせることもしていない。今日までたった一度も、である。かけらも親しくない仲なのに、教師の前ではそんなことを言うのであれば点数稼ぎだ。もしくは小川が無から斟酌《しんしゃく》して作り上げている妄言か。またあるいは――本当に言ったのであれば――異なる意図からこぼれた本音だろう。

考えながら教室に入って、萌果は異変に気づいた。今までは横並びに置かれていた席が、ひとつだけ後ろに離され逆向きに置かれている。

「羽山さんには今日から一対一の特別指導をします」

「あ？」萌果は顔を蹙め、眉根を寄せた。「どういうことだよ」

「何度言っても同じことを繰り返す。反省の色も見えない。今までと同じやり方じゃ、どうも効果がないみたいだからな。小川先生と話し合って、個別指導をすることにした」

志木がそう言って、隅《すみ》に置かれていたパイプ椅子を持ち出し、萌果の目の前に座る。

「お前の指導は俺がするから」

萌果は血管が切れそうなほどの苛立ちを感じながら、目の前の男を睨めつけた。

小川と志木がふたりで出迎えた理由をもう少し考えるべきだったのかもしれない。まさかこうなるとは、という一種呆然とした気分と、腹立たしさが混ざり合う。

小川とマンツーマンで特別指導を受けるのも厭だが、それでもこの男よりはマシだ。

志木は嫌がる萌果の顔を面白がってさえいる様子で眺めていた。

しんとした教室の中で、鉛筆が紙を滑《すべ》る音だけが響いている。

子ども騙しの計算問題を解きながら、萌果はちらりと目を動かした。志木は何をするでもなくこちらにじっと視線を注いでいる。――ぞっとした。

「解き終わったか？」

言われて、無言でプリントを渡す。胸ポケットから赤ペンを取り出した志木が、すぐにプリントを机に載せ、ペンで計算式の辺りをとんとんと示した。

「さくらんぼ計算がない」

「はあ？　さくらんぼ？」

「書くように習っただろ？」

「んなもん習ってねえわ」

「小学一年生で習う内容だぞ。どうせ授業を聞いてなかったんだろ」

「勝手に決めつけんな。つか、こんな簡単な計算に途中式なんかいるかよ」

「さくらんぼがないなら0点だな」

「莫迦じゃねえの？」

「羽山。暴言はペナルティ対象だって何回も言ってるだろ」

萌果は苛々と歯噛みして志木を睨んだ。

――ふざけやがって、こいつ。ぶん殴りてぇ。

叱りながらも薄ら笑いを浮かべているのが気に食わなかった。莫迦で生意気な女子に教えてやっているという態度。優越感。そんなものが滲んでいる。

「なんだ？　その目は」煽《あお》るような調子で志木が言う。「謹慎中は本当にちゃんと反省してたのか？　――暴力はいけないことだってのは身に沁《し》みて分かってるだろ？　なあ？」

萌果の手はいつの間にか鉛筆を固く握りしめていた。志木は目を細め、わざとらしく声を潜める。

「今は体罰禁止なんて言ってるけど、むかーしはな、言うこと聞かない子どもは叩いて分からせるのが当たり前だったんだ。家畜と同じでさ。でも叩かれるのなんて嫌だろ？　痛いし惨めな気分になるし。叩かなきゃ分からない家畜扱いってのは、なあ？　どんなにどうしようもない奴でも人間扱いしてやらなきゃ。お前みたいな生意気な奴を力で言うこと聞かせるのなんて、そりゃもう簡単だよ。やろうと思えば今すぐにでもできる。……でもそれで無理に言うことを聞かせて何になる？　そうだろ？　叩かれて当然の家畜扱いはお前だって嫌だよな？」

耳にかかる吐息に鳥肌を立てながら、萌果は握りしめた鉛筆の先端を一瞥した。充分に尖《とが》っている。

「……先生、刺青《いれずみ》に興味ない？」

震える手が机から浮きかけた瞬間、「志木先生」と小川の声が響いた。

「ちょっといいですか?」

手招きされ、志木が立ち上がる。萌果は小さく舌打ちした。

「……何を考えてるの?」

教室の隅に志木を呼び寄せ、小川は囁いた。

「何って?」

「羽山さんと何を話してたか知らないけど、刺激するようなことを言わないで」

苦言を呈《てい》しながら、ちら、と萌果の背中に目を向ける。机を指でとんとんと叩き、落ち着きなく体を動かしているのが見えた。ことさらに音を立ててみせる大きく雑な動作から、少女の苛立ちが伝わってくる。

「普通に話してただけだよ」

「でも、あなたに何かするつもりだったわよ、あの子。こっちから見ててもすごく不穏な様子だったもの」

「そう?」

危機感のない返事をする志木に、小川は溜息をつく。

「気をつけてって言ったでしょ。甘く見ないほうがいいって」

「大丈夫だって。何かされそうになっても俺ならすぐ取り押さえられる」

「そういうことを言ってるんじゃないの」

呆れてそう言い、小川は怪訝な顔をした。楽観的な志木の顔をまじまじと見つめる。

――妙な気がした。これほど警戒して、慎重になるよう再三言っているのに、志木には小川の意図するところがまったく伝わっていない。敢えて真意が分からないふりをし、別の意味として捉えているようにも思えた。

急に話が通じなくなってしまったという感覚。それがただただ奇妙だった。

「……どうしたの？　なんか変。あなたらしくない」

言うと、志木はふっと顔の笑みを抑えた。

「そんなことないよ。心配性だな、小川先生は」

言い捨てて、志木は持ち場へ戻っていく。それを見送り、小川は暗い気分で目を伏せた。

2

――あたしは呪《のろ》われてるんだ。

消灯した部屋の中、冴《さ》えた目で天井を見据えながら萌果は思う。

――薄々そうじゃないかと思ってたけど、絶対そう。やっぱり、これは呪いだ。

目を瞑《つむ》ると脳裏《のうり》に志木の憎たらしい顔が浮かぶ。胃がむかむかして眠れそうにない。

くそ、と内心で悪態《あくたい》をつきながら寝返りを打ち、伸びた親指の爪《つめ》を嚙る。

――こんなところに来たのもあんなクソにマンツーマンで指導されることになったのも、全部あたしを苦しめるため、呪いのせいに決まってる。そうじゃなきゃ、こんな狙《ねら》い澄ましたみたいに最低なことばっか起きるはずがねえ。

端《はし》から少しずつ爪を噛み切る。爪先《つまさき》の白い部分が綺麗に分離しているのを確かめながら、前歯で器用に噛み進めていく。……伸びた爪を見ると噛み切らずにはいられない。爪切りなどはほとんど使ったことがなかった。

——あたしが生きて苦しむように、早く死にたいと思うように呪ってんだろ。そうはいくかよ。望まれてるなら尚更《なおさら》、誰が死んでなんかやるもんか。

三分の二ほどまで噛んだのち、面倒になって引っぱると、裂け目が爪甲《そうこう》に食いこんで痛みが走った。小さく舌打ちして力任せに引きちぎる。爪の隣の皮膚——側爪郭《そくそうかく》も一緒にちぎれ、側面に血が一筋浮かんだ。

——あいつ……。

さらに苛々しながら、仕方なく傷口を啜《すす》る。血は止まるどころかどんどん溢《あふ》れてきて、口内に鉄の味が絡みついた。

——あいつのせいでこうなったってのに、まだ足んねえのか。

しばらく吸いつき、ある程度出血が収まったのを確認して腕を投げ出す。

——ただの不幸な事故じゃねえか。べつにあたしは、殺すつもりなんかなかった。

思いながら、パジャマの長袖を捲《まく》り上げた。窓から入った月明かりに照らされ、腕に残った火傷《やけど》の痕《あと》が浮かび上がる。

これは煙草を押しつけた痕だ。改めてじっくりと見てみれば、広範囲に亘《わた》ってしつこく捺《お》されているのが分かる。憂《う》さ晴《ば》らしと怒りでできた刻印のような傷跡。撫でてみても当然痛みはなく、それに関連する記憶が僅かに浮かぶばかりだった。

——こんな手のこんだ呪いをかけるぐらいだ、さぞあたしを恨んでるんだろうな。

唇にふと自嘲が浮かぶ。

——上等だ、逆境だって受けて立ってやるよ。あのクソ……志木の野郎なんかに負けてたまるか、あたしはふてぶてしく生きてやるんだ。

親指を曲げて拳《こぶし》を握りこむと、手の中で傷口が脈打ち疼《うず》きだす。

萌果は目を閉じ、そのリズムにただ意識を集中させた。


志木を初めて見たときの第一印象は、こういう体育教師いたな、だった。

ありふれているという言い方をするのも妙だが、よくいるタイプの教師のひとり。生徒を名字呼び捨てで呼び、基本的に命令口調で偉そうだが、休み時間などに話しかけてみると授業中より態度が少し柔らかい。生活指導を兼任していることが多く、何かと口喧《くちやかま》しいが面倒見もそれなりに良い。そんな教師。

学生の頃、そういう教師のことはあまり好きではなかった。もちろん今もだ。体育会系の頭ごなしに叱りつけてくる態度、悪いことをしたわけではないのに常に怒られているような感覚は不快だった。そういうのが男らしくて好きだなんて、浮かれたクラスメイトもいたけれど。

偏見を抜きにしても、志木にはどこか、得体の知れない違和感のようなものがあった。

その違和感がはっきりとした形になったのは、志木と初めて一対一で話をしたときのこと。萌果がいつもの調子で受け答えすると、乱暴な言葉遣いに物言いがついた。

「ずいぶん偉そうな口を利くんだなぁ。何様なんだ？　お前は」

口許を嘲笑で歪め、志木は見下した態度を露《あらわ》にした。

「いいことを教えてやろうか、羽山。社会に出て見られるのはお前の表面だけ。お前にどんな過去があろうと、いちいち可哀相な経歴を汲《く》んで同情して甘やかしてやる奴なんかいないんだぞ？　見られるのはお前の前歴と、その態度だけ。それがすべてなんだよ」

言っていることが正論なだけに腹が立った。見えない過去を察して優しくしろだの、そんなことを要求する気はさらさらない。何も知らない他人には自分の見せる一面だけがすべて、それは当然の話だった。

だが、その正論を弱い立場の相手に突きつけ、蔑《さげす》み果てた態度で教えてやるという体を取るのは、ずいぶん偉そうではないのか。

不愉快な奴だ、と思った。一方で、施設内の志木に対する評判は上々であり、頼もしい先生とまで言われているのが余計に胸糞悪く感じた。

それもそのはずだ。志木は明らかに態度を使い分けている。上司、先輩に対しては従順な態度。同僚には等身大に。聞き分け良く内向的な女子には頼れる大人を装い、やんちゃな男子には叱りながらも一緒に軽い悪戯《いたずら》をするような気安さを見せる。相手を見て態度を変え、有効な態度を探っているのだ。恐らくすべて、己の評価のため。相手に気に入られるよう自身を柔軟に変化させ、居場所を作っている。

そういう人間にとって、萌果のような『問題児』でありごく弱い立場の『少女』は、好感を得る必要のない相手だ。何をしてもいいし、何を言ってもいい。無遠慮で傍若無人《ぼうじゃくぶじん》な振る舞いをしようとも、自分の評価に傷はつかない。そう確信して、侮蔑《ぶべつ》を露にするのだろう。

（こんな奴を教師としてのさばらせておきながら、何が自立支援だ。何が更生だよ）

理想を求めて規則が打ち立てられ、規則を守るため本末転倒な事態になる。ざらにあることだ。いくら創設者や学園長が潔癖な指針を立てていようが、末端に目が行き届かなければ意味がない。実務に関わる人々の統制が取れなければ、高い理想などは邪魔なばかり。

（あたしにあいつをぶつけるなんて、ここは見る目のねえ奴が集まった地獄だ）

本気で逃げ出すための作戦を練らなければならない。

——でも、どうやって？

萌果には味方がいない。孤軍奮闘には限度がある。

——考えるしかない。

打開策として使えそうな案がひとつあった。それを実行する心身のリスクは高く、想定しているとおりになるとも限らない。うまくいかなければ、耐え難い苦痛が身に降りかかる。成功率も高くないその案を、採用するべきか否か。

萌果はこの打開策について、強いられた反省文の内容よりもはるかに慎重かつ真剣に、考えを巡らせ時間をかけて検討していた。

「お前、最近おとなしいじゃないか」

黙々と学習プリントを解いていると、志木が茶々を入れてきた。

「脱走も図ってないし、勉強もサボってないし、俺が特別指導についてから良い子になったな」

棘《とげ》のある言葉を黙殺する。相手をする気にもならなかった。

そもそも、特別指導とは名ばかりで何か指導をされたという記憶はない。今のところ教室を二分されて別々に学習しているだけだ。

「──お前は所詮《しょせん》、大人を舐《な》めてるだけの悪ガキだってことだよな」

聞き流して反応しない萌果がつまらないのか、志木は声を潜めて挑発的に煽ってくる。

「反抗しやすい相手にはデカい態度を取って、強い相手には逆《さか》らえずおとなしくなる。ただの卑怯《ひきょう》者だな」

(自己紹介かな?)

萌果は思いながら、一瞥もくれてやらずに鉛筆を走らせた。

志木が小声になるのは教室に小川がいるからだ。

第三者の存在を気にして小声でしか厭味《いやみ》を言えない小心者。しかし、第三者がいる前でも小声で厭味を言うくらい油断している。

萌果は冷静にそう分析しながら、漢字問題のマスを埋めた。

「お前がおとなしいのは気味悪いな」

一言も返事をしていないのに、志木はお構いなしに言い募《つの》る。

「反省したようにも更生するつもりでいるようにも見えない。さてはお前、なんか企《たくら》んでないか？」

手が止まりそうになるのを堪《こら》えてプリントに意識を集中させた。少しでも反応すれば気取られてしまう。

「どうせろくでもない脱走計画なんかを考えてんだろ。何度試したって無理だってことが分かんないかな。計画なんか練ったところでお前の浅知恵じゃたかが知れてるし。ま、低能にはそんなことも理解できないか」

言われっぱなしを黙って耐えるというのも困難な苦行だ。ただでさえ沸点の低い萌果はふつふつと腸《はらわた》が煮えくりかえってくるのを感じる。

今度こそ刺してやろうか、と思いながら、それをしたら負けだ、と言い聞かせる。いまは辛くても耐えなければ。ここで下手に手を出せば計画が狂う。——分かっているが、腹は立つ。

「どうした？　図星《ずぼし》か？　反論もできないみたいだな」

（こういう奴が「はい論破」とかダセェこと言うんだろうな）

思いながら、萌果は手が震えてきたのを自覚した。渦巻く怒りを抑えこもうとし、完全には抑えきれない激情がこうして手に表れる。腸を煮えたぎらせるエネルギーが噴火するかのように体を振動させているのだ。

何か言いかけた志木が、口を噤《つぐ》んで顔を上げた。背後から足音が近づいてくる。

「志木先生、ちょっと相談が」

「ああ。はいはい」

席を離れた志木を横目で見やって、萌果は深く息を吐いた。

萌果の様子を警戒しているのか、小川はちょくちょく志木を呼んで引き離す。志木は不服そうだが、萌果としては非常に助かっていた。キレそうになるタイミングを見計らっているのかと思うくらいちょうど良く呼ぶので——本当はキレそうになる前に連れていってほしいし、そのまま帰ってこないでほしいのだが——どうにか冷静になる時間が得られる。


無理に動かしていた手を止め、萌果は隅でひそひそと話しているふたりを盗み見た。

——小川と志木が男女の仲らしい、ということは早い段階で気づいたことだった。当人たちは職場恋愛として公私を切り分けているつもりかもしれないが、区別のつけかたがお粗末《そまつ》だ。まず、ふたりで話すときの距離が近すぎることに始まり、指摘しようと思えばあれこれある。

だが、それについて萌果がとくべつ言いたいことはない。何だこいつら、とは思うが、勝手にやってろ、という気持ちのほうが大きい。——恋愛というプライベートな事柄《ことがら》に突っ込むつもりはないのだが、その関係性由来の浮ついた態度や無頓着さについては意見したいところばかりだ。

小川は志木に対して甘く、大目に見すぎているきらいがある。その理由については、萌果にも容易に想像することができた。

彼女は『頼りになる私』という自己像が好きなのだ。人から頼られること、誰かの面倒を見ることが好きで、人助けをする自分に満足感を覚える。——無論、決して悪いことではない。動機が自己満足だとしても、正義感を持ち、結果として善行を為《な》すことができるのだから。

そんな小川は褒めやおだてに弱いタイプだ。「さすが小川先生」と持ち上げられると、気を良くして相手に好意を持ってしまう。志木はそんな小川の性格を見抜いてニーズを汲み、適度に持ち上げて立てる言動を取るので可愛がられるのだ。そこに恋愛感情も加われば、見る目はなお甘くなる。庇護《ひご》欲ともいえる感情もあるのかもしれない。

状況をコントロールしているつもりの志木の側からは、行動を束縛する過度な庇護が鬱《うっ》陶《とう》しく感じるだろう。小川は志木を案じて萌果から距離を置かせようとしているが、当の志木にはそれが面白くないはずだ。

なにしろ志木には自信がある。生意気な小娘ひとり、どうにでもねじ伏せてやれるという自負。普段他人から気に入られるために抑圧している自己を解放し、憂さ晴らしに甚振《いたぶ》ってやろうとさえ考えている——少なくとも萌果はそう読み取っていた。

志木は現状に満足していない。萌果に対して、本当に一対一での『特別指導』をしたいと思っているはずだ。どこか監視者の目の届かないところで、たっぷりと心ゆくまで懲《こ》らしめてやりたいと考えている。

なぜそれを断言できるのかといえば、経験によって裏付けられた確かな直感があるからだ。何か良からぬ感情を抱いた相手が自分を陥れようとするときに垂れ流す雰囲気。最たるものは獲物を見定めるような目。——不愉快な話だが——弱者として、その無遠慮な視線にこめられた意味を知っている。

——志木はいつかやる。必ず。

だがどうやって、いつどのとき、どんなシチュエーションで何をしようとしているか、細かい予測は難しい。だから想像できる最低な事態に備える必要がある。

（あたしは誰にも負けたくねえ。あたしは、ただ泣き寝入りするだけの弱いガキじゃねぇんだ）

萌果はそう考えながら、頭の端で梓のことを思い出していた。


「……なに？」

「話があんだけど」

就寝前の歯磨きを終えてやってきたところを待ち伏せて話しかけると、梓は至極気怠そうな顔をする。その表情と、昼間と違って髪をほどいた様子が相俟《あいま》って、少女は普段より少しだけ大人びて見えた。

「わたしはあなたと話すことないかな」

「長ったらしい自分語り聞かせといて、人の話は聞けねーって？」

「喧嘩《けんか》は売るのも買うのも禁止だよ。先生に言うから」

「待てって。ほら、話したいのは志木のことだよ」

ぴく、とあからさまに反応した梓の素直さに、思わず笑いそうになるのを堪える。

「先生が何か……？」

目を細めて警戒する調子の梓に、萌果は少し考えてから言った。

「あんた中等科だから知らないだろうけど、あたしの特別指導員になったんだよね」

そんなこと、と梓がどこか忌々《いまいま》しそうにこぼす。

「知ってるよ。先生が相談室に来なくなったから、理由を聞いて教えてもらった」

なるほど、と萌果は思った。初等科の教員である志木と梓にどんな接点があるのかと思っていたが、そういうことだったのか、と納得する。

志木は男子寮の担当と小学生児童の教師を兼ねているだけでなく、空き時間には相談室のカウンセラーも行っている。カウンセラーといっても正式な資格を持っているわけではなく、相談もほとんどが児童の愚痴《ぐち》や雑談につきあうような形だ。——こうしてひとりの職員が様々な役割を兼任していることは学園において珍しいことではない。その背景には人手不足があるが、これは余談である。

梓は相談室の常連だった。志木に悩みを打ち明け、話を聞いてもらっているうちに、個人的な好意を抱くようになったというわけだ。

「分かってんなら話が早いな。あたしさ、正直すげえ息が詰まるんだよ。あいつといると。……それでさ、あんたは志木に期待されてて信用されてるって話だったろ？　なんか秘訣《ひけつ》でもあんの？」

「秘訣って……どういうこと？」

梓の眉が不快げに寄せられる。

「特別気に入られて贔屓《ひいき》されてるってことなんだろ？」

「違うよ。先生は困ってる子に誰でも優しくて……！　わたしだけじゃない、みんなの味方なんだよ」

　言いながら、梓は悔しげに唇を噛んだ。自分で言っておきながら、認めるのが歯痒そうな様子だった。

「困ってる子に優しいみんなの味方、ねえ。じゃあ、なんであたしには優しくねえんだろな？」

「何言ってるの……」梓は呆れた様子で萌果を見下ろし、それから言う。「それはあなたが問題児だからでしょ。問題児には厳しくしなきゃ、つけ上がるだけじゃない。あなたみたいに」

「へえ？」

「それに充分優しいと思う。わたし知ってるの。あなたのこの前の脱走のことで小川先生がカンカンになって、志木先生があなたを庇ったこと。特別指導も、先生が自分で言い出して引き受けたんだってこともね」

「本人から聞いたわけ？」

「なんでもいいでしょ」言って梓が睨めつけてくる。「こんなに心配されて、目を掛けられてるのに、まだ何か不満？　みんなあなたのために言ってる。立派に更生して一人前になって生きていけるようにって。聞く気がなくて突っぱねてるのはあなたでしょ。優しくしろって何？　どこまで我が儘《わまま》なの？　甘えたこと言ってないで、自分の態度を改めたらどうなの？」

萌果は壁に凭れ、浮かせた片足を戯《たわむ》れに揺らした。

「お説教どうも。あんたはすっかり真人間ってわけだ」

「……わたしは自分のやったことを反省してる。あなたとは違うの」言って、梓は深呼吸する。「もういいでしょ。もう消灯の時間だし。こんなとこで話してたら、先生に見つかってわたしまで反省文書かされちゃう」

冷たい目をして、梓は萌果の前をさっと通っていった。その後ろ姿を見送って、萌果も息を吐く。

（やっぱ口下手だな、あたし）

――梓を煽るだけで終わってしまった。これでは失敗かもしれない。

（もうちょっと言いようが……ああいう話じゃなくてもっと……マジあいつぶっ殺してぇとか言って危機感を持たせる方向のほうが……いや……）

ひんやりとした壁に背中を預けて考える。冷たさが落ち着く、などと考えていると、当直の川島《かわしま》が廊下の端から顔を出した。

「まだ起きてるのぉ。消灯時間ですよ。部屋に入って、入って」

「はいはい」

適当な返事をして壁から背中を離す。冷たさの名残《なごり》がほんの少しだけ居座り、部屋に着く前に消えた。

3

起きた瞬間に漠然と厭な予感がしていた。それは果たして、朝食のあとに現実のものとなった。

便器に広がる絶句するくらいの赤に血の気が引くようだった。──生理だ。

備えていたので下着を汚すことはなかったが、いつにも増して重そうで厭になる。

貧血で体にあまり力が入らない。騙し騙しで凌ごうと思っていたが、時間とともに増す腹痛と併発した頭痛に苛まれ、最早《もはや》お勉強どころではなくなった。

耐えかねて席を立てば、志木がすかさず「どこ行く気だ」と咎める声を出す。

この男は何も気づいていないのだろうか？　萌果の明らかな不調が本当に分からないのだろうか？　──疑問ではあるが、拘《こだわ》っていられない。

「……いむしつ……」

「医務室？　どうした？」

「具合、わるいんで」

「仮病だろ？」

死ねよ、と萌果は静かに思う。深く吸いこんだ息を根こそぎ吐き出すようにして肺の底から罵倒《ばとう》してやりたいくらい腹が立ったが、あいにく今日は心の中で呪詛《じゅそ》をこぼすことしかできなかった。

蹌踉《よろ》めきながら教室の出入口へ向かおうとすると、志木が立ち塞がって邪魔してくる。

「席に戻れ。サボりは認められない」

「どけよ……」

「早く席に戻れ」

萌果は苦痛に歪んだ顔で志木を見上げた。

（鈍感クソ野郎め）

そう内心で吐き捨てつつ、実はこちらの不調に気づいた上で妨害しているのではないか、という疑問も浮かぶ。もしそうだとすればあまりにも悪質といえよう。

「なんだ？　言いたいことがあるなら言ってみろ」

ころすぞ、という四文字が今一番言いたいことだったが、悪態をついてみせたところでなんの意味もない。

既に立っているだけでも辛いのだ。ここで志木の相手をしている場合ではなかった。

「……本当に具合が悪いなら症状を言えばいい。仮病じゃないと判断できたら医務室に連れていってやる」

悠長なことを言う志木に、萌果は思わず苛々と足踏みする。あまり下腹に響くようなことはしたくないのだが、痛みでじっとしていられない。

「腹がいてえんだよ」

「どこがどんなふうに痛むんだ？」

「……いい加減にしろっ」

萌果は両手を志木に突き出した。突き飛ばしてやるつもりだったが、志木はほんの僅かに仰け反っただけだった。

「――何してるの!」

後ろから鋭く声が飛んでくる。小川がつかつかと寄ってきた。

「羽山さん。今のは暴力よ!」

またうるさい奴が来た、と萌果が顔を顰めて振り向く。小川は眉を吊り上げていたが、萌果の顔を見た瞬間、さっと表情を変えた。

「どうしたの。顔色が悪いじゃない」

「医務室……こいつが邪魔して」

萌果が指さして言えば、小川は怪訝な顔をして志木を見る。

どういうつもり、と言いたげな小川の視線を受け、志木はほんの少し目を泳がせた。

「暗くて気づかなかった。よく見たら羽山、顔が白っぽいな。うん」

「……医務室に連れていきます。志木先生はあの子たちをお願い」

言って、小川は萌果の背中を支えながら教室を出た。


「大丈夫? 具合悪いの? いつから?」

心配そうに声を掛けてくる小川に、べつに、と萌果は気怠く応答する。

「ただの生理なんで」

鎮痛剤もらって休めば大丈夫、と続けたかったが、話す気力もあまりなかった。

「ただの、って……どうして分かるの？」

「いつものことだし……」

「あなた、毎月こんなに症状が重いの？　今まではそんな様子ちっとも見せたことなかったじゃない」

「毎月じゃねえ、年に数回。ここまで重いのは久しぶりだよ」

辛《かろ》うじて答えると、小川はしばらく黙りこんだ。何事か考えこむ素振りをして、再び萌果のほうを見る。

「あなた十一歳よね。初めて生理になったのはいつ？」

萌果は答えず、苦しげに口許を押さえた。

「体はこんなに小さくて細いのに生理はきてる……？　それって本当に生理？　もしかして、不正出血の病気なんじゃ……」

ぶつぶつと独《ひと》りごちる小川に、萌果は目を眇《すが》める。

「気分わる……吐き気してきた……」

「戻しそうなの？」

焦ったように問われ、首を横に振った。そこまでの緊急性はない。

小川はそれを見て僅かに安堵したようだった。

「医務室までもう少しよ。頑張って」

労《ねぎら》う言葉が身に沁みて、普段煩《わずら》わしいだけの小川が優しく感じられる。

これは重症だな、と萌果はふらふらしながら思った。

医務室に着き、鎮痛剤を飲んでベッドに横になる。小川が何やら当番医と真剣に話しこんでいたが、萌果は気にせずカーテンを閉めて目を瞑った。

即効性のある薬ではないはずだが、プラシーボ効果なのか、薬を飲んだという事実だけでも幾分症状が和らいだように思えるのが不思議だ。

単純な体だ、と萌果は軽く自嘲を漏らす。

横になって安静にしていると、眠気がとろとろと訪れた。特に症状が重いときは眠気も強い。

「……そうねえ、言われてみればそうだけど……」

年配の当番医の声が萌果の耳に入ってきた。

今日の当番医が女医で良かった、と萌果は少なからず思う。医務室に配置されているのは嘱託《しょくたく》医であり、基本的には小児科であるため、生理の症状に関しては同性のほうが何かとスムーズに通じやすい。——比較的、という話ではあるが。

「気にしすぎじゃないかしらねえ。最近の子は初潮も早くなってるって話だから、そんなに珍しいとは思わないけれど」

「でも、あの子は見るからに発育不良でしょう？　なのに初潮はとっくにきてるって、不思議じゃないですか？」

「ありえないとは言い切れないわよ。こういうのって、個人差が大きいものだから……」

「でも……」

ずいぶん食い下がるなあ、と微睡《まどろ》みながら萌果は思った。

キリキリと痛んでいた下腹が少しずつ楽になる。意識は深層へ潜り、いつの間にか、夢の中へと入っていった。


——神経を逆撫《さかな》でするような喚き声が聞こえる。

襖《ふすま》一枚を隔《へだ》て、隣の部屋で男女が強く言い争っている声だ。

時々激しい物音がして、男が怒鳴《どな》り、女が金切り声を上げる。

（うるさい……）

声はどちらも耐え難かったが、ことさら女の声が耳障《みみざわ》りに思えた。甲高《かんだか》いキンキンとした声。ヒステリックに喚き散らす声。時にそれは自分にも向けられ、容赦ない暴力とともに襲ってくる。

男もこちらに物を投げてきたり、髪を掴んだり、蹴りを入れてくることもあったが、女ほど頻繁ではなかった。なにしろ男はたまに現れる赤の他人で、顔も覚えていない。女は顔ぶれが変わることなく家にいるのだから、こちらのほうが脅威だった。

（うるさい）

耳を塞いで縮こまる。できるだけ気配を殺して、存在感を消して、いないもののように振る舞わなければいけなかった。男女の意識の中に第三者である自分の存在が少しでも浮上すれば、たちまち暴力の標的にされてしまうからである。

ぎゃあぎゃあとけたたましい声が耳を劈《つんざ》く。いつまでも。

声はやがて、泣く声に変わっていった。

（うるさい!!）

不思議なことに、泣き声のほうが神経を強く逆撫でした。不満と癇癪《かんしゃく》を爆発させたような声。非難がましい声が鼓膜を貫通して脳に突き刺さってくる。喧《やかま》しく泣く声に延々と責められ続けて、とうとう我慢できなくなった。

「あーもう、うるせえ！　いつまで泣いてんだよっ!!」

感情のままに泣き虫の頬を張る。林檎《りんご》のような丸い頬がさらに赤くなり、涙で手が湿る感触がした。痛みでか、火が点《つ》いたように激しく泣き喚く相手を睨めつける。

「泣くな、って、言ってん、だろが！　このグズ！」

平手で頬を何度もぶった。ぎゃああ、となおも泣く姿に、発火した殺意が心臓を炙《あぶ》る。

（こいつさえいなけりゃ……）

——被害者ぶりやがって。

（こいつさえ……）

——あんたも、あたしが悪いって言うのかよ。

「な、く、な！」

胸倉を摑んで叫んでやると、それはふとおとなしくなった。

赤くなった頬を押さえ、静かに涙を一筋流しながら、歯を食い縛っている。

眉を顰めてこちらを見る黒目がちの大きな瞳。騒がなくなった代わりに目で強く抗議してくるようになったそれの顔には、いくつもの感情が混ざり合っている。怒りと悲しみと、拒絶と。

「……らい……」

唇が戦慄《わなな》き、喉から言葉を振り絞る。

「……だいっきらい！」


——『死んじゃえ』。


伸びた腕が宙を押していた。

ゆるゆると下ろし、その腕をさする。……寒くもないのに鳥肌が立っていた。

「冗談じゃねえ」

萌果は言って、目尻を拭う。相変わらず体は重いが、痛みが引いているぶんだけマシになっていた。

カーテンを開け、西陽《にしび》の射《さ》した部屋を見まわす。

「おいおい、誰もいねーのかよ」

しんとした部屋の中で萌果の独《ひと》り言《ごと》だけが響き渡った。

どんな事情があるか知らないが、ベッドで寝ている人間をひとり置いて部屋を空けるのは如何《いかが》なものか。

「どこに行っても扱いは一緒だな……」

呟いて、うっ、と軽く嘔吐《えず》く。厭な夢のせいで気分が悪い。

（どいつもこいつもクソクソのクソだ……）

トイレに行こうと引き戸を開け、ぎくりと立ち止まる。

すぐ目の前に志木がいて、反対側の戸をまさに開けようとしているところだった。

「羽山。……もう治ったのか？」

ワケねーだろ、と内心で毒づく。舌打ちする元気もなかった。

「具合はどうなんだ？」

答えず歩いていくと、志木は萌果に並行してついてくる。心底鬱陶しくてげんなりし、歩調を少し速めてみれば、志木も足を速めた。

「ついてくんなよ」

「そういうわけにはいかない。お前を心配して見に来たんだ」

「心配？　へえ」

鼻で笑い、萌果はまた早足になる。振り切れるとは思っていないが、少しでも早く目的地に着きたかった。

「……羽山は大したもんだな。いつもいつも」

志木が隣で何か言い出した。

「こんなに小さいのに大人に対しても態度がデカくて」

目も合わせないようにして無視していると、いきなり肩を摑まれる。

「――え？」

廊下から空き部屋に押しこまれ、戸を閉められるまでほんの一瞬の出来事だった。

4

はっと振り返ると、志木がドアの前に立ち塞がっている。

長身の男から威圧的に見下ろされ、萌果は思わず身を竦ませた。そんな咄嗟の身体反応すら萌果には腹立たしく、意識的に踏ん張るようにして両足に力をこめる。

「なんのつもりだよ」

精一杯威嚇《いかく》するように睨めつけてみる。だが、それで怯むような志木ではない。

「ようやく、お前とちゃんと話ができそうだ」

「こんな場所で？」

「こんな場所だからこそ、だろ」

志木は隠すことなく下卑《げび》た笑みを浮かべ、萌果に不躾《ぶしつけ》な視線を送る。

「いつもはほら、途中で邪魔が入るしな。でもここなら――誰も来ない」

窓の外を一度見遣り、自信ありげに志木が言った。

萌果は素早く周囲を確認する。……狭い部屋だ。左右には背の高い棚がいくつかあり、ファイルなどが並んでいる。床には段ボールがそこらに置かれ、奥にある机には埃《ほこり》かぶった古新聞が積まれていた。

恐らくこの空き部屋は物置だろう。それも、滅多《めった》に人が出入りしない部屋だ。

その割には都合良く鍵が開いていたものだと思っていると、志木が見せつけるようにポケットからタグのついた鍵を取り出した。

「わざわざ用意したってわけ?」

「時間と機会は作るものだからな」

萌果は目を引き攣らせながら志木に鋭い視線を送り続ける。

「……授業は」

「お前が寝てる間に終わったよ。クラブ活動もな。とっくに寮に帰ってる」

「小川……先生は」

「ん? ああ、なんか医務課に掛け合ってるみたいだな。まだまだ掛かりそうだ」

眠りにつく前、小川が妙に萌果の体調を気にしていたのを思い出した。何か相談したいことがあって当番医も一緒に連れていったのだろうか。——いや、そんなことよりも。

考えるべきことは、どうやってここから抜け出すかということだ。

恐らくただ時間を稼いで小川の戻りを待ったとしても、わざわざこの部屋にはやってこないだろう。気づかず通り過ぎていくだけだ。その際に派手な物音でも立てれば不審に思って部屋の中を覗きこむかもしれないが、いつ来るか分からない小川にタイミングを合わせるのは至難の業《わざ》といえよう。

「こんなときだけ小川先生に頼ろうっていうのは調子が良すぎないか?」

志木がゆっくりとこちらへ近づきながら言う。萌果は詰められた分だけ後退《あとずさ》ったが、これではいつか退路が断たれてしまうことは分かっていた。

「指導をしても全然響かないって、先生いつも悲しんでるぞ?」

「それは……あたしの責任じゃない」

「お前が素直になって改心すりゃいい話だろ」

「自分たちの指導には何も問題ないって？」

志木の手が伸びてきて肩を強めに摑まれる。

ぎく、と体が強張《こわば》り、萌果はその瞬間きつく唇を引き結んだ。

「よくポンポンと大口ばっか叩けたもんだ。お前は自分の立場ってものを分かっちゃいないよ」

感情のない瞳が見下ろしてくる。普段と雰囲気の違うその顔からは明らかに危険な雰囲気が滲み出ていた。

（ビビってどうする）

怯みそうになるのをぐっと堪える。相手の目を見続けた。

「離せよ」

引き剝がそうとするが、萌果の力ではびくともしない。その様子を見て志木が小さく喉の奥で笑った。

「……俺は中学の頃に虐《いじ》められてたことがある」

いきなりなんだ、と眉を顰めて見返すと、志木は唇の端を持ち上げたまま続ける。

「ヒョロくてキモイって言われて、無視されたり笑われたり、弁当の時間に箸《はし》をゴミ箱に捨てられたり、面倒な係や委員会を押しつけられたり……些細な嫌がらせが毎日続いた」

志木の語る声はあくまで淡々としていた。その一方で目はぎょろぎょろと忙《せわ》しなく動いており、異様としか言えない様子に萌果は閉口する。冷や汗が滲み、また下腹がキリキリと痛み始めた。

「連中は莫迦だったからな。中学生のくせに髪を派手な色に染めたり煙草吸ったり原付乗ったりとにかくやりたい放題で、そのうち補導されたとか逮捕されたとかでいなくなったから、俺に対する虐めも終わった。ざまあみろと思ったけど、勝ち逃げされたみたいで面白くなかったんだよなあ」

それで、と志木が唇を歪める。

「莫迦な悪党を懲らしめて制裁してやるにはどうしたらいいか、俺なりに考えて此処《ここ》に辿り着いたんだよ」

此処とは志摩原学園のことだろう。では、この男は復讐を企図して教員になったとでも言うのだろうか。

萌果の胡乱《うろん》げな視線を気にした様子もなく志木が続ける。

「けどなあ、思ってたより此処はぬるい場所だった。ムカつく悪ガキに正義の指導を下してやるつもりだったのに、あれは駄目これは駄目って制限が多い。でも痛い目見せて黙らせてやんなきゃ、お前みたいなおガキ様は調子に乗って増長するばっかだろ？　な？」

同意を求めるふうに問いかけはするものの、返事などは期待していない様子で志木は嗤《わら》った。既に此処は志木の独擅場《どくせんじょう》で、萌果が口を挟む隙などないのだ。

「お前はな、俺を虐めていたメスガキにそっくりなんだよな。力もないくせに生意気でさ、いつも偉そうに人のことを見下した態度で、舐めくさりやがって。どっちが上か、いつか絶対に分からせてやんなきゃいけないと思ってたんだ」

そこまで聞いて、なんだ、と萌果は溜息をつきたくなる。

結局は私怨《しえん》だ。それも過去の、誰とも分からない少女と重ねたとばっちりである。萌果の態度がどこか似ていたという理由で、自分の過去の恨みを晴らしてすっきりしたいだけなのだ。

「あたしはそいつじゃない」

「それがどうした？」

「関係ない奴を虐めて溜飲《りゅういん》下げようって考えがまずキモいだろ。結局あんたは自分よりよえー相手の前で粋《いき》がるしか能がないクズだってことだよ。だっせえ奴」

吐き捨てるような萌果の言葉に、志木は大きく目を瞠《みは》る。――四白眼の殺気立った人相。

つい圧倒されて僅かに後退った瞬間、肩を摑んでいた手が萌果の細い首を捉えた。

喩《たと》えるならそれは猟で仕留めた鳥の首を摑んで掲げるような所業だ。

易々《やすやす》と持ち上げられ、足が床から離れる。

喉から潰《つぶ》れた蛙《かえる》のような呻きが漏れ、萌果は目を白黒させながら足をばたつかせた。

――死ぬ。ころされる。

苦しさに眦《まなじり》から涙が溢れて頬を伝った。無我夢中で喉を絞める手に爪を立てる。

志木は舌打ちし、もがく萌果を机の上へ叩きつけるように下ろした。積まれていた新聞紙が何枚か落ちて周辺に散らばったが、そちらには目もくれず萌果だけを睨み据えている。

「ほら、お前みたいなのは痛い目に遭わないと分からない。誰かれ構わず生意気な口を利くとこうなるんだぞ。いい機会だ、学習しろ」

首にかかっていた手が緩み、萌果は激しく咳《せ》き込んで嘔吐いた。

起き上がろうとする萌果の肩を押し、志木が覆《おお》い被さるようにして手をつく。

「お前さ、二重人格なんだって？　美——小川先生に聞いたよ。笑っちゃうよなあ。どうせ逃げてるだけだろ。弱くて小癪《こしゃく》な奴がやることだ。あれは自分の意思じゃありませんでしたとか、自分のせいじゃないんですぅとか、くだらない言い逃れしようとして下手な演技して。見え見えなんだよ、そんなごっこ遊びなんか」

目を瞠る萌果を見下ろしながら、志木は軽く鼻を鳴らした。

「どうする？　また新しい人格でも作るか？　そうやってお前自身は何の問題もない存在でいようとするんだよな。自分のやったことから、責任から目も耳も塞いで被害者面するわけだ。嫌なことがあれば自分を遠ざけて、それで済むんだったら結構な話じゃないか。吠《ほ》える声だけ大きい負け犬の分際で。尻尾《しっぽ》巻いて逃げ続けてちゃ世話ないぜ？　なあ、——お前が『羽山萌果』じゃないって言うなら、本当のお前はどこにいるんだろうな？」

目を瞠り、歯噛みしながら眼前の男をきつく睨み上げる。

どこまでも浅はかで無理解な男だ。心底そう軽蔑《けいべつ》している。

その一方で、どこか本質を突くような言葉を浴びせられたことには動揺した。

煮え立つ怒りに臓腑《ぞうふ》を灼《や》かれ息を荒らげつつ、こんな奴に負けてたまるか、と口を開く。

目一杯の悪態を吐きかけるはずだったが、喉からは空気が漏れるようなか細い音しか出なかった。

驚きながら、なおも力をこめて声を振り絞る。喉からは痛みとともに喘鳴《ぜんめい》じみた音が僅かに鳴るばかりで、やはり声は出ない。

(喉を潰された……?)

愕然としていると、志木が嘲笑《あざわら》うように口許を歪めた。

「怖くて声が出ないか? さっそく指導が効いたらしいな」

都合の良い解釈をして悦《えつ》に入る志木にぞっとする。

相手はもとより言葉の通じない男だが、唯一の武器である口撃が使えないとなると、途端に心細さが大きく募った。

悪態をつくのは虚勢を張るのと同じことだ。強い言葉を使うことで自分自身も騙して錯《さっ》覚《かく》させる。怖いものなどない、誰に屈することもないと。自分はもう、怯えて縮こまっていただけの頃とは違うのだと言い聞かせるための鎧《よろい》でもある。

敵を罵《のの》り圧倒する口が使えないとなれば、弱く小さく無力な子どもに成り下がるだけなのだ。何もできず、ただ搾取《さくしゅ》されるだけの惨めな子どもに。

呼吸が乱れて目の前の志木の姿が歪んだ。頭痛と眩暈がし、思わず目を覆う。体の強張りに合わせたように、下腹の痛みも強くなった。

——こわい。

怖《お》じける自分に苛立ち、歯を食い縛る。

（こんな奴にビビるな！　諦めるな！）

己を叱咤《しった》するが、眩暈はなかなか収まらない。

「……なんだ？　お前、ズボン汚れてるじゃないか」

言われて萌果はさらに吐きそうになった。

医務室で起きたときから、ナプキンが重くなっている感覚がしていた。だから取り替えねばと思っていたのだ。――トイレに行くつもりだったのに、こんなところに連れてくるから。

決め手は恐らく机の上に乱暴に下ろされたことだろう。腰をしたたかぶつけた衝撃で、飽和した経血が滲み出したのだ。

「そういやお前、生理だったな。都合良く口実つけてまんまと授業サボりやがって。お前みたいなガキが生理ってどういうことだ？　――さてはお前、マセたエロガキか？」

志木が何を言っているか分からなかった。吐きそうになるのでまともに聞くことを拒否していたともいえる。

必死で気分の悪さを耐えていると、志木はいきなり萌果の服に手を掛けてずり下ろそうとしてきた。

やめろ、と内心で叫びながら身を捩って抵抗する。すかさず、暴《あば》れるな、と腹を殴られた。苦悶《くもん》の声すらまともに出せず、萌果は中途半端《ちゅうとはんぱ》に体を丸める。痛みに引き攣っている間に、志木は萌果のズボンを取り払っていた。

「うわ、汚……」

生々しく血が滲んだサニタリーショーツを見て志木が顔を顰める。血に触れないよう注意しながら萌果の内腿《うちもも》に手を這《は》わせた。

掌《てのひら》がねっとりと肌を撫でる感触に鳥肌が立つ。気持ち悪さで発狂しそうになりながら奥歯を噛み締めた。

（こいつ、やっぱりロリコンじゃねえか……！）

体育の授業中、志木は妙な手つきで腕や足や腰に触れてくることがあった。それは萌果だけでなく、もうひとりの女の子にも及んでいた。彼女は居心地が悪そうに、言葉にしづらい違和感と不快感に耐え、時に助けを求めるように萌果を見つめた。

彼女を助けようという正義感ではない。年端《としは》のいかない女子に卑劣なことをする志木が心底気持ち悪くて仕方なかった。だから萌果は、志木の向《む》こう脛《ずね》を思いきり蹴飛ばしてやったのだ。――施設を逃げ出したのは単なるなりゆき、その場の勢いと思いつきだった。

「ほっそい足だな。子どものくせに、ムチムチさが足りないぞ」

萌果の脚を撫でさすりながら志木が勝手な不満をこぼす。

「こんな貧相な体で一丁前に発情してるわけだ。つくづく生意気なガキだな」

さっきからしきりに言われている『エロい』という非難の意味がよく分からなかった。この男は何を考えてそんなことを言っているのか、萌果は理解に苦しむ。

まさか――まさかとは思うが、仮にも教員であるこの男が、発情して初潮がくるとか、生理の期間には発情しているとか、そんな噴飯《ふんぱん》ものの認識を持っているなんてことはさすがにないはずだ。そう思いたかった。

萌果の股《また》を大きく開かせ、志木が顔を近づけてくる。生温《なまぬる》く荒い鼻息が掛かった。

「腥《なまぐさ》いな」

嘲笑のニュアンスとともに吐かれた言葉を聞いた瞬間、かっと頭が熱くなるのを感じた。

蹴り上げるように足を動かすと、油断していたのか、避《よ》けようとした志木の顎に膝が命中する。志木は仰向き、それからすぐに萌果の側頭部を拳で殴りつけてきた。

頭が揺れ、視界がぶれる。収まりかけていた眩暈がまたひどくなった。

「学習しろ」

志木が一層冷たい調子で吐き捨てる。

逆らえば痛い目に遭うこと、抵抗しても無駄だということを萌果に叩きこんでおきたいのだろう。無力感を植えつけて心を折ろうとする、その手の暴力にはよく覚えがあった。

はっ、はっ、と呼吸が荒く細くなる。怯えでか怒りでかは分からない。萌果は顔を背け、壁を睨みながら唇をきつく噛み締めた。

最早無駄口を叩くこともなくなった志木がごそごそと動いている。何をしているかは見えないが、足には何かの感触があった。興奮した荒い息遣いで、ぬるついた何かを執拗《しつよう》に擦《なす》りつけてくる。

――クソ！　ころすころすころす殺す殺す殺す、殺す殺す殺す殺す殺す殺す殺す殺す殺す殺す殺す殺す殺す！　殺す殺す殺す殺す殺す殺す‼　殺してやる‼

口の中に血の味が広がり、悔しさで涙が溢れた。

(あたしの人生、いつも負けだ……クソ野郎どもに蹂躙《じゅうりん》されてなんにも残らねえ。理不尽じゃねえかこんなの、いつもいつも……)

視線を壁から下ろして力なく投げ出された手許《てもと》へ移す。

そこにはちょうど、荷造り用の紐《ひも》があった。

恐らく積まれていた新聞紙をまとめるためのものだろう。作業の途中だったのか、使ったあとに片づけず置きっぱなしになっているのか、この際それはどちらでもいい。

紐から少し離れた場所に大きな裁《た》ち鋏《ばさみ》も見えた。先端が鋭利に尖ったそれは、手を伸ばせば届く距離にぽつんと置いてある。

萌果の目は鋏に釘付《くぎづ》けになっていた。あらゆる痛みがほんの少しだけ希薄になって、目の前のそれだけに意識が注がれる。——志木は腰を揺らすのに夢中だ。

(いつもそうだ、あたしが選べる道はひとつしかない)

罪を唆すように提示されたひとつの解決策へ、指が泳ぐように伸びる。

(あたしが勝つにはこれしか——ない)

救いを求めた指が冷たい金属を捉えた。その瞬間。

がさ、と紙を踏む音が響いた。

志木が我に返った様子で振り返る。

呆然とした顔で立っていたのは——梓だった。

5

「ひっ……日野⁉」

情けなく裏返った声を出し、ひどく慌てふためいた様子で志木が下半身を整えている。

梓は目の前の光景がうまく呑みこめず、しきりに瞬きながら呆然と思考を巡らせていた。


――挑発するような萌果の態度が気になっていた。

わざわざ呼び止めてきて志木の話をしたことも、気に入られる方法を教えてほしいと言われたことも、まるで理解不能だった。

(どうしてあんなことを?)

あの場では鬱陶しいだけだったが、日が経つにつれてどういうわけか気になって仕方なくなってしまった。質問の意図。あの話をした意図が、一体どこにあったのか。

ひょっとして、と梓は考える。

(あの子も志木先生のことが好き、とか……?)

ばかばかしい、と最初は思った。志木に対してあからさまに敵意を剝き出しにした態度を取るくせ、実は好意を持っているんじゃないか、なんて。そんなはずはない。考えすぎだと。

だが、もし萌果の刺々《とげとげ》しい態度が好意の裏返しだとすれば。

梓にわざわざ声をかけたのは宣戦布告だったとすれば。

(ああいうのって確か、ツンデレって言うんだよね。漫画で見たことある)

自分が志木から目を掛けられているのを良いことに、特別扱いを受けようとしているのだ。わざとつんけんした態度で、困らせるような言動を取って、志木の気を引こうとしている。……多分そうだ。

梓は授業や作業が終わったあと、下校までの空き時間に相談室へ行くのが日課だった。梓にとっては志木に話を聞いてもらうのが何よりの楽しみだったのだ。そのために、部活に入らず空き時間を作った。けれども志木は今、萌果にかかりきりで相談室には顔を出さない。それが寂しかった。

(わたしの先生だったのに)

萌果に取られた、と感じていた。子どもじみた独占欲と嫉妬《しっと》だと自分でも思う。特別指導なんてきっと今だけで、少し我慢していれば志木は戻ってくるはず。そう自分に言い聞かせて我慢していた。

でももし、萌果が志木のことを好きで、独占しようとしているなら。

わざと問題児であり続けて、志木を縛るつもりではないか。特別指導が終わらないように、あれこれ我が儘を言ったり問題を起こしたりして、志木を振り回そうとしているのかもしれない。

——そんなことは許せない。

しかし、梓にできることはほとんどなかった。初等科と中等科の教室は棟こそ同じものの階が違う。授業中には動けないし、休み時間も行動は制限されている。基本的に、初等科の教室に近づくことは禁止されていた。

本当はふたりの様子を監視してやりたいが、それはできない。

歯痒い気分だった。

朝の集団登校のときに一瞬だけ、それから教室移動をするときごくたまに、志木と萌果が一緒にいる姿を見かけることがある。

萌果は一貫して志木を拒絶し遠ざけようとしていた。……ただしこれは表向きだ。そうすることで、志木が心配して追いかけてくることを分かっているのだろう。敢えて追わせるように仕向けるなんて、ずいぶん小賢しいことをする。小学生のくせに。

梓はじりじりとした気分で日々を過ごしていた。

そして今日、つい先ほどのことだ。教員から頼まれて雑用を済ませた帰りに志木の姿を見かけた。駆け寄って声をかけようとし、資料室に入っていったのを見て歩を緩める。

――資料室もまた、児童の立ち入りは禁止されていた。

(久しぶりに先生と話せるチャンスかも)

そう思い、梓はゆっくりと資料室に近づく。

なるべく『偶然』のシチュエーションで顔を合わせたかった。志木が資料室から出てきてすぐに梓がいたのでは、待ち構えていたのがバレバレだ。少し離れたところから様子を窺《うかが》い、資料室から出てきて少し歩いたところに駆け寄っていこうと考えた。

ところが、志木は一向に部屋から出てこない。

梓はそっと資料室の前に歩み寄った。……そろそろ下校時刻が近い。中の様子を確かめて、志木に時間の掛かる用がありそうなら戻ろうと思っていた。

音を立てないよう慎重に、資料室の引き戸を開ける。中を垣間見《かいまみ》ようとしたが、障害物が邪魔でよく見えない。

すすす、と戸を開け、梓は立ち入り禁止の部屋に大胆にも踏み入った。

いけないとされていることを隠れてこっそりする、そのスリルは、どこか万引きのときと似ている。そう思うと興奮した。――普段いくら真面目に過ごしていたとしても、一度知った楽しみの味は簡単には消えない。

志木は部屋の奥にいた。机に向かって立ち、何かしているようだ。

(何してるんだろ……?)

腰を前後に動かしている様子は滑稽《こっけい》で、同時に見てはいけないものを見ているという気がした。

どこか浮き足立つ感覚がしながら、もう一歩近づく。よく目を凝《こ》らすと、志木の体の近くに誰かの足のようなものが見え、梓はぎくりとした。

(誰かいるの?)

体を傾けて覗き込む。

机の上に何かが載っている。あれは――女の子だ。

小さい女の子がぐったりと横たわり、志木はその足の間に立って腰を振っている。

梓は見ているものが信じられず、もう一歩前に踏み出した。

そこに新聞紙があった。

踏み締められた古新聞は乾いた音を思いのほか大きく響かせ、梓の存在を露にしたのだった。


「違う——違うんだ、これは」

蒼白《そうはく》な顔で志木が梓に言う。

「なに……なんなんですか……？　なにが違うんですか？」

萌果は握りしめた裁ち鋏をゆっくりと離した。

怒りと殺意でギリギリ保《たも》っていた力が抜ける。そこかしこが痛んで、目を瞑れば深く眠り込んでしまいそうな感覚だった。

「なにをしてたんですか？　羽山さんに、一体——」

「違うんだ」

「先生！」泣きそうな声を上げて、梓は志木に取り縋る。「本当のことを言ってくださ い！　わたし……わたし……！」

梓は混乱している様子だった。事態を理解できていない。志木がしでかした事の始終を見ていたわけではないようだった。

志木は息を吐き、少し冷静になった様子で何事か考える素振りをする。目を忙しなく泳がせ、それから口を開いた。

「誤解なんだ」

「誤解……?」

「羽山が——生理でズボンを汚したから、着替えさせようと思って」

「女の子の服を脱がせたんですか? 先生が?」

「その、それは……」志木はまた視線を彷徨《さまよ》わせる。「やむを得ず、だ。緊急性があったから」

「でも羽山さん……」

梓がぐったりした萌果の様子をちらりと見遣った。

志木の言い訳はさすがに苦しい。梓は納得した様子がなく志木に胡乱げな目を向けている。

「わかった、……わかった」志木が宥めるように手を挙げる。「本当のことを言う。それで、信じてくれるか?」

とりあえず頷いた梓を見て、志木は一度深呼吸し、それから言う。

「俺は嵌《は》められたんだ」

「え……?」

「陥れられたんだ、この羽山に!」

志木が萌果を指さして言い、梓は困惑した表情を浮かべた。

「それって……どういうことなんですか?」

「だから、嵌められたんだよ。こいつが俺を辞めさせようとして仕組んだんだ」

　萌果は横たわって話を聞きながら呆れていた。

　この状況でそんな与太話が通用すると思っているなら、いくらなんでも舐めすぎだろう。まがりなりにも梓は中学生だ。小学生ならまだしも、志木の捏《こ》ねた雑な子ども騙しに引っかかるはずがない。

「先生を辞めさせようと……？」

「そうだ。こいつから誘ったんだ」

「羽山さんが先生の弱みを握ろうとして……？」

　――残念なことに、梓はどうやら志木に言いくるめられつつあるようだ。

　自分の頭で考えて状況判断することを放棄し、志木の言い分を呑みこむことにしたようだった。……確かにそのほうが梓は失うものも少なく都合が良いかもしれないが、萌果にとっては迷惑な話だ。

「俺は本当にそんなつもりじゃなくて。ただ、羽山が可哀相だったから服を着替えさせてやろうとしただけなんだ。そしたらこいつ、こいつが自分で脱いで机の上に乗ったんだ。それで……」

　どこから見られていたのか分からない志木は核心的なところを曖昧《あいまい》に濁《にご》して捏造《ねつぞう》する。

　梓も梓で、志木が下半身を露出させていかがわしい動きをしていたのを見なかったことにしたいようだった。

「そうですよね……わたしてっきり、先生が羽山さんに何かしたのかと……でも、そんなわけないですよね。先生が間違ったことするはずないんだもん」

「もちろんだ。信じてもらえて良かった……」

「信じます。わたし、先生のことならなんだって」

「ありがとう、日野。お前は自慢の生徒だよ」

嬉しそうにはにかむ梓を後目《しりめ》に萌果は辟易して目を閉じる。何もかもがどうでもよくなった。

(どうにでもしてくれ)

少年院でもなんでも、好きなところに連れていけばいい。どこへ行こうと代わり映えのしない光景が待っているだけなのだから。

それより萌果は、もう限界だった。

意識が空洞に吸い込まれかけたその刹那《せつな》。

「何の騒ぎ?」と誰かの硬い声が耳に入ってきた。

無視してそのまま落ちるに任せようとしたが、「一体ここで何してるの」と咎める声はよく通り、意識に無理矢理食いこんできたのだった。


「小川先生……」

顔を見るなり志木が狼狽《ろうばい》した声を上げる。小川は訝しく思いながら眉を顰めた。

資料室は児童に開かれていない。立ち入りが禁じられている理由の委細を小川は知らなかったが、職員と同伴であっても部屋に入ることは許可されていなかったはずだ。

そもそもこの資料室自体、気軽に立ち寄ることはほとんどない。部屋が開いているのは稀《まれ》なことで、よっぽどの用がない限り開かれない場所だと認識していた。

小川は志木を見て、それから制服姿の少女を見る。

「あなたは中等部の？」

「日野……日野梓です」

「何してるの。もう下校時刻よ。早く教室に戻って」

「えっと……」

たじろいだ様子の梓をまた怪訝に思う。志木と梓が何の用事でこの場所にいるか知らない立場で――志木が既に梓に対して指導をしていた可能性もあるし――立ち入り禁止のことを咎め立てるつもりはなかったが、それにしても様子が妙だと思った。

内心で首を傾げつつ小川は志木へ向き直る。小川には今、優先すべきことがあった。

「志木先生。医務室から羽山さんがいなくなったんです。何か知りませんか？　どこかで見かけたとか……」

「いえ、あの」

「違うんです！」

梓がいきなり声を上げ、小川はさらに眉を顰めた。

「なに？　どういうこと」

「なんでもありません。そうだよな、日野」

「え……あ、あの……はい……」

「あなたたち、何かおかしいわよ」

入り口の前に立ち塞がって動こうとしないふたりの顔を見比べる。何か疚《やま》しいことでもあるかのように、志木は目を合わせようとしない。梓も俯き、所在なげに組んだ指をそわそわと動かしていた。

「何か隠してる？」訊ねながら、小川は直感的に察知する。「——奥に誰かいるの？」

梓の肩が大袈裟に跳ね、志木がそれを焦った顔つきで見た。

最早返答など不要と判断し、小川は志木を押《お》し退《の》けて一歩踏み出す。新聞紙がばら撒《ま》かれた床と、奥の机の上の人影を確認して小川は目を剝いた。

「羽山さん⁉」

床を覆う新聞紙で足を滑らせないよう注意し、合間を縫うようにしながら近寄る。すぐ傍《そば》まで辿り着き、小川は絶句した。

萌果は肉付きの薄い脚と血塗《ちまみ》れのショーツを晒《さら》し、机の上でぐったりと横たわっていた。ひどく顔色が悪く、辛そうに目を閉じている。

羽山さん、と上体を起こして呼びかけると、うっすら目を開ける。

「大丈夫？　どうしたの？　一体何が——」

萌果は答えず、すぐにまた目を瞑った。首が後ろに倒れこまないように頭を支えると、指先に硬く隆起したものが触れる。髪を搔《か》き分けながら確かめれば、側頭部にたんこぶと思えるようなものがあった。

——ぶつけた？　それとも。

机の下に脱ぎ捨てられたズボンが落ちているのを見て、小川は羽織《はお》っていたカーディガンをひとまず萌果の腰に巻きつける。

——殴られた？

未だに入り口の前で立ち尽くしているふたりを鋭く見遣ると、志木は目を逸《そ》らし、梓はおろおろとした。

「誰がこんなことしたの！」

梓に向けて小川が鋭く言うと、少女は泣きそうな声で言う。

「ち、ち、ち、ちが、違うんです、わ、わた、わたしは、なにも」

小川は次いで沈黙する志木を見た。

「志木先生……？」

疑惑のこもった声に、志木が目に見えて狼狽する。

怪しいのは一目で分かったが、状況確認よりも萌果の保護を優先したほうがいいかもしれない、と小川は判断した。萌果を片腕で抱きかかえて部屋を出ようとし、進路を塞いだふたりの前で立ち止まる。

「医務室に運ぶから早くどいて。志木先生は病院へ連絡を」

びょういん、と梓が口の中で呟く。事の重大さにやっと思い当たったかのように、顔を青ざめさせた。

「——志木先生は悪くないんです！」

梓が声を張り上げ、小川は眉根を寄せる。

「お、おい。日野。いいから」

「先生は騙されたんです！　悪いのはこの子。この子が先生を陥れようとして――」

「日野！　黙ってろ！」

一喝され、梓は傷ついた顔で志木を見て、また深く俯いた。

志木は苛々と梓を見遣り、それから助けを求めるような顔で小川に向き直る。

「信じてくれ、美加。俺は嵌められた。羽山が自分で脱いで誘ったんだ。それでわざと日野に見つけさせて――俺の立場を悪くするために」

「……そんな！　わたしは」

梓が口を挟みかけ、志木は鋭く睨んでそれを黙らせた。またすぐに小川のほうへ視線を戻し、取り繕るように表情を繕う。

「今も具合が悪そうなのは演技だ。俺は、羽山に何もしてない。羽山が勝手に騒いで、怪我して、だから、だから俺は、何も――」

皆まで聞かず、小川は志木の横っ面に平手をお見舞いする。

――開口一番に信じてくれなどと申し開きする男には、二度と騙されないと決めていた。


小川たちが立ち去ったあと、取り残された梓は重い溜息をつく。

梓はこの件についてまったく関与していない。偶然居合わせて見てしまっただけなのに、萌果とグルになって謀ったように言われてひどく心外だった。

(先生があんなこと言うなんて。……ひどいよ)

失望しながら、傍《かたわ》らで項垂《うなだ》れている男を横目で見る。

床の一点を見据えて何かをぶつぶつと呟き続ける様子は少し気味が悪かった。

梓は眉を顰め、それからぽつりと言う。

「先生、小川先生と付き合ってるんですか？　さっき下の名前で呼んでましたよね」

志木からの返答はない。――聞こえているかどうかも怪しかった。

梓は先ほどよりも長い溜息をつく。……ああ、百年の恋も冷めるよう。

「がっかりだなあ」

言い捨て、梓は踵《きびす》を返した。

三章

1

「あってはならないことです」

沢島《さわじま》は断固とした声音でそう言った。

児童相談所に掛かってきた一本の電話は、ある加害事件の告発だった。

保護処分を受けていた子どもが、よりにもよって預けられた先の施設で加害を受けた。のみならず、学園長は当該職員に依願退職をさせる形で事を収めようとしているという。聞き捨てならない話に沢島は憤慨《ふんがい》していた。

「すぐ県に報告し対応を求めます。ご安心ください」

ありがとうございます、と済まなそうな声が返ってくる。恐縮した様子の電話相手に、沢島は少しだけ声音を和らげた。

「ご連絡頂きありがとうございます。さぞ勇気の要る決断だったでしょう」

『いえ……やるべきことをしただけです。こんなことでは償《つぐな》いにもなりません』

「償い、ですか」

『はい。私が早く気づいて止められていたら、あんなことにはならなかったはずですから』

「……自責の念をお持ちのようですね。でも、このことはあなたが引き起こしたのではないのでしょう?」

『そうなんですが……』

電話口から嗚咽《おえつ》が聞こえてきて、沢島はしばらく沈黙を守る。

『私が……私がもっと、もっとしっかりしていれば、防げたはずなんです。もっと気をつけて、注意して、見ていればきっと、こんなことには』

泣きながら言う声に、沢島は柔らかく声をかけた。

「何事にも領分というものがあるのですよ。小川さん」

啜り泣く彼女にゆっくりと伝える。

「そして、ひとりの人間ができることには限りがあります。確かにあなたは今回のことを防げなかった。ほかの職員も防げなかった。では、誰ならば防げたのでしょう? これはあなたにしか防げず、あなたが必ず防がねばならないことだったのでしょうか? ……私は、違うのではないかと思いますよ」

『……でも、私には監督責任があったはずなんです。一番近くにいたんです』

「だとしても、あなたが四六時中監視しておかねばならないということはないでしょう。あなたは一職員ですよ。同僚の素行を常に監視するというのは越権行為であって、もし業務内容にそれが含まれているのだとすれば、本来監督をするべき上司の職務怠慢です。それ以前に、個人の行動に関する全責任を他人が負うことは不可能なのですよ。責任の所在は事件を起こした当人にあるもので、あなたにはありません」

『そうでしょうか……』

「そうですとも」

あまり納得した様子ではない返答に対し、沢島は力強く言葉を重ねた。

「加害した職員は然《しか》るべき処罰を受け、被害に遭った児童は速やかに保護を受ける。そして学園長は事件の詳細を県に報告し、指示を仰いで対応を待ち、結果を受けて然るべき是正を行う。職員はその是正方針に従う。これがあるべき流れではないでしょうか？　事件を起こした職員を裁くのは裁判所の領分で、事件の重大性を検討し対応を考えるのは県の領分です。――違いますか？」

『ええと……』

「今回、学園長は本来の仕事である報告を怠り、職員を個人的に処分して事件を揉《も》み消すという越権行為を行った。それをあなたが告発することで、あるべき流れに返そうとしている。この点で言えば、あなたのしたことに非などはひとつもありません」

『そ、そうなのでしょうか……』

圧倒されている様子の彼女に、沢島は一呼吸置いてから言う。

「そうですとも。何も心配することはありませんよ。あなたが告発したということも公にされることはありません。ご安心くださいね」

電話を終え、沢島は深く息をついた。喉の渇きを覚えてお茶に口をつけていると、背後から肘を指で軽くつつかれる。

「熱く語ってましたね」

ニッと笑いながら言う部下に、沢島は苦笑した。

「……まあね。捲し立てちゃったから混乱させたかもしれないけど」

「ストレス溜まってるんじゃないですか？　あんまり八つ当たりしちゃ駄目ですよ」

「え？　俺、八つ当たりしてた？」

「ぽい言い方してました」

「あらー。申し訳なかったなあ」

沢島は言って、椅子の背に大きく凭れる。

「あってはならないこと、って言ったけど、そういうのがよくあるご時世だから」

「隠蔽するのが得意な忍びの民族なんで」

部下が茶目っけたっぷりに指を組んで忍者のポーズをしてみせた。こらこら、と軽く笑い、沢島は少し遠い目をする。

「実際、県に言えば県がちゃんとやってくれるのかって、怪しかったりするからね」

「児相《ウチ》もそう思われてますよ」

「うん。だからせめて俺たちはちゃんとしないとね。激務に負けず、倦《う》まず弛《たゆ》まず」

「でも圧倒的に人が足りないですよね」

「そうね……」

「少ない人数で無理矢理まわしてどうにか大丈夫にしてるから補充される気配もないです
し」

「おっ、今日すごく言うじゃん。どうしたの？」

「……ストレス溜まって八つ当たりしてるのかもしれないです」

部下は口許にだけ笑みを刷《は》いていた。沢島は少し考え、それから言う。

「人が足りないからできませんって言って取りこぼしたら、その裏にいる『助けられたかもしれない』子どもをみすみす死なせるかもしれないんだよ」

「それってこっちの責任ですか？　人手が足りないのも？」

「人手が足りないのはこっちの責任じゃないけど、領分を果たせないのはどうかな」

「じゃあ、子どもの代わりに過労死するのが真っ当なんですね。子どもが虐待されて死んだら可哀相で、大人が働かされすぎて死ぬのは可哀相じゃないんですね」

真顔で言う彼女の横顔を沢島はしみじみと見つめる。この部下がこうも不満をあけすけにこぼすのは珍しいことだった。

「それに、私たちがどんなに頑張っても現場は――」皆まで言わずに言葉を呑みこみ、槇《まき》野《の》は苦い顔をする。「それでまた、矢面《やおもて》に立つのは私たちですからね」

言って目を伏せた部下の思い詰めたような昏《くら》い瞳にはあまりに多くのものが凝《こご》っているように見えた。沢島は少し考え、軽く膝を打つ。ぱちん、と小気味の良い音がした。

「よし、上申してみます」

「お願いします」

部下が深々と頭を下げ、自分の席に帰っていく。

――上に掛け合ったからといって、問題がすぐ解決するわけではない。かといって、土台無理だと諦めて現場の声を届けないのは怠慢で、ストレスの溜まった部下のケアだけするのはその場凌ぎだ。

「できることには限りがある……」

その限られたできることをするべく、沢島はまず県に電話をした。


病院の大部屋、閉め切ったカーテンの中に小川はいた。見舞いという体で面会に現れ、ベッドの傍らに座ったきり項垂れている。

「――本当にごめんなさい」

ようやく口を開いたかと思えばそんな謝罪で、萌果は小さく息を吐いた。

『なんであんたが謝る』

スケッチブックにペンを走らせ、殴り書きのそれを小川に見せる。

「だって、私が早く気づいて止められなかったばっかりにこんな……取り返しのつかないことに……」

小川の言い種《ぐさ》に萌果はムッと唇をとがらせた。

『勝手におおごとにするな　声が出ないのは一時的なことだって医者も言ってただろ』

「そう、だけど」

歯切れの悪い調子でうじうじする小川に、萌果はまたひとつ溜息をついた。

（なんであたしがこいつの相手をしてやんなきゃなんねーんだ）

自責の念に駆られるのは勝手だが、悩むのは余所《よそ》でやってくれ、と萌果は思う。

小川によって資料室から運び出されたあと、意識のない萌果は近くの病院へと搬送された。そこで検査を受け、命に別状はないことが分かったが、意識を取り戻してもなお萌果は依然として声が出ないままだった。

その異変にいち早く気づいたのも、付き添いをしていた小川だ。すぐにナースコールを押して医者を呼び出し、後日再検査が行われる運びとなったが、声帯に異状は見られず精神的な問題だろうということで話が落ち着いたわけだった。

既に生理の症状は落ち着き、志木からの暴行の痕もほとんど癒え、本来なら退院可能な状態だ。病院を出て施設に戻っても良い頃合いのはずだが、何やらゴタゴタしているらしく、萌果は病院に留まっている。

『それよりあたしはこれからどうなるわけ』俯いた小川の袖を引き、スケッチブックを見せる。『誰もちゃんと教えてくれなくてイライラする』

「ああ、それは……」小川は言いかけ、ふと口を噤んだ。少し考えるような間を空けて、どう伝えたものか迷った様子で言う。「環境が整い次第、だけど……羽山さんはもう、志摩原に戻ることはないと思う」

萌果は思わずきょとんと瞬いて小川を見た。

「羽山さんも、あそこに戻るのは嫌でしょ？」

『まあね』書きながら、萌果は思い出して書き足す。『シキはどーなった』

小川は苦い顔をした。

「警察に行ったわよ」

『タイホされたってこと？』

「……そうね」

――施設の体裁を守るため、志木は自宅謹慎と依願退職で内々に処分される予定だった。それを見かねて小川が児童相談所に通告し、事件を明らかにした結果、志木は児童への暴行と猥褻《わいせつ》な行為の疑いで逮捕されたのである。ただ、小川もそこまでを伝える気はなく、濁した言い方になった。

（ま、逮捕されたってどーせ、無罪か軽い罰金程度で釈放だろうな）

と萌果は書こうとしてやめる。話せたなら何も考えずにこぼしていただろうが、筆談は書く手間が掛かるぶん、これはわざわざ書かなくてもいいか、というブレーキが掛かった。発言の善《よ》し悪《あ》しを吟味《ぎんみ》しているわけではない。面倒さが勝るだけだ。

「あなたには本当に……どう償えばいいか……」

また話が戻ってきた、と萌果は小川を見た。

彼女の関心事は萌果への償いに終始している。志木がどうなるのか、萌果がどうなるのか、施設がどうなるのか、本当の意味での興味はないように見えた。――小川のそういうところが萌果はあまり好きになれないのだが、まあ仕方のないことだ、とは思う。

『あんたが悪いんじゃない　つぐないなんかいらない』

萌果は渋々、そう書いて小川に見せる。小川は首を横に振って悄然《しょうぜん》とした。

さっきからずっとこの調子である。萌果が何を言っても小川は頑として納得せず、「あなたからはもっと責められると思ってたのに、優しいのね」と皮肉めいたことまで言い出す始末だった。

（あたしを罪悪感処理のダシにしようとすんなよ。めんどくせえなあ）

それこそ口が利けていればお望み通り罵詈雑言をぶつけてやるところだが、あいにくそれはできないので代わりに文字を書く。

『なんかカンちがいしてるみたいだけどそもそもあんたに対して許すも許さないもないんだよな　あたしが許せないのはシキのヤローだし　それはあんたがどんなに謝ろうと反省しようと変わらないし意味ないいんだよ』

げんなりしながら書き殴った文章を見せると、小川は傷ついたように目を伏せた。それで萌果も少し思い直して、続きを書く。

『もっと早く気づいてたらとか言ったって仕方ないじゃん　むしろあたしはあんたに』

ぴたりと手が止まった萌果に、小川が訝しげな顔をする。萌果はそれを盗み見て、大きく溜息をつき、躊躇《ためら》いがちに言葉を記した。

『感謝してるよ　いろいろと』

見せたくないなあ、と思いながら、仕方なくスケッチブックを小川に向ける。読み終わったかどうかを確認せず、さっと自分のほうに向け直して一枚捲《めく》った。

『なんでそんな思いつめるのか分かんねーな　あたしのことメンドーな問題児だって思ってんじゃないわけ？　あんたはシキから助けてくれたし　病院に来てつきそい役とか色々

してくれてるだろ　そういうのにはまあ感謝してるし罪ほろぼしならそれでじゅうぶんなんじゃねーの』

無言で読んでいる様子の小川を窺い、もう少しだけ書き足して締めくくった。

『あたしはもうシセツに戻らないし関係ない　あんたも後かいしてることがあるんだったら　あたしなんか気にしてないでほかの子をそのぶん見といてやれば？　それがあんたの本当にやるべきことだと思う』

リップサービスをしすぎたかもしれない、と思いながら反応を窺う。読み終えた小川は大きく息を吐いて何とも言えない微苦笑を浮かべた。

「あなたって——本当に生意気よね」

え、と思わず目を白黒させる。予想外の反応だった。

「小癪っていうかなんというか……でもそうね、おかげで少し冷静になれたかも。ありがとう。もう行くわね」

小川は立ち上がると、荷物をまとめてすんなり帰っていった。

萌果はそれを見送って、スケッチブックをぽんと放り出す。ベッドに倒れこんだ。

疲労感に脱力しながら天井を見上げ、大きく深呼吸する。

……小川のことは今でもあまり好きになれない。偏《かたよ》った正義感に陶酔して、過ちにおいては自己憐憫《れんびん》が先に来るような人間はどうにも好きじゃない。それは変わらないが、小川について誤解していたことも少なからずあったし、感謝しているのも本当だ。

そして、感謝している、と言うのならある意味梓に対してもそう言えた。

もしあのとき。あのタイミングで、割って入ってくる存在がなかったら。

——萌果は志木を殺していたかもしれなかった。

(いや、殺しておくべきだったのかな？　……なんてね)

2

「さあ、着いたよ」

促《うなが》されて車を降り、萌果は何の感慨もなく目の前の建物を眺めた。

「ここが実吉野《みよしの》学園。羽山さんの新しいおうちになるところだよ」

首を廻《めぐ》らせ、職員の顔を一瞥してみる。にこやかな笑顔がただ返ってきた。

(新しいおうち、ねえ)

皮肉のこもった内心の独白はしかし、誰の耳にも届かない。軽い欠伸を漏らせば「疲れちゃったかな。中に入ったらちょっと休もうね」と労《いたわ》るように言われ、萌果はとりあえず頷いて同意を伝えた。

退院した萌果はしばらく児童相談所の一時保護所に身を寄せたのち、県を跨《また》いで実吉野学園へ入所した。

一時保護所での暮らしは児童自立支援施設よりも窮屈なものだった。脱走防止のために職員が常に目を光らせており、窓はほんの数センチ程度しか開かず、滅多に外へ出ることもない。保護されている児童もほとんどが大荒れ状態だった。帰りたいと毎日泣く児童や、自傷行為をする児童、ほかの児童と大喧嘩をする児童など、日々何かしらのトラブルが起こり、職員から厳しく叱責《しっせき》されている。

今にして思えば、志摩原学園はこの一時保護所よりはいくらかマシな場所だったのだろう。流れる空気は似ているが、志摩原学園のほうがほんの少しだけ自由にできた。

一時保護所で萌果はおとなしく過ごした。暴れる元気がなかったというのもあるし、何もかもにうんざりしていたというのもある。一番の決め手は、今の生活が次の施設へ移るまでの暫定的なもので、長居することはないと明確に知らされていたことだろう。終わりが見えていれば耐えようという気にもなるものだ。――結局、目立った問題を起こすことなく、一時保護所をあとにすることができた。

あれほど脱出したいと願っていた志摩原学園から解放されることによって、萌果は奇《く》しくも脱走の無意味さを理解し、己の無力さを痛切に思い知らされる破目《はめ》になった。

萌果のような保護者を持たない子どもは、どうしたってひとりで生きていくことなどできない。社会は萌果のような存在を見過ごしてはならず、保護せざるを得ないので、規則に従っているまでなのだ。

子どもである以上、結局は何らかの施設に押しこめられて飼われ管理される。違うのは施設の名称だけだ。根本的なところは何ひとつ変わらず、何ひとつ変えられない。

身の内に巣喰《すく》うのは虚無感だった。話せないということも相俟ってか、陰鬱《いんうつ》な気分がする。傍目《はため》におとなしくなった萌果に対して大人たちの扱いが変わったことも、萌果を落胆させるひとつの要因となった。

(どうせ何をしても一緒だ)

一度そう思ってしまうと、最早何をする気にもなれない。

(あたしは呪われてる。……どうしようもない。このまくたばるだけだ)

そんな諦念《ていねん》が全身を支配していた。

「こんにちは。君が羽山萌果さんだね」

寮に入った萌果を出迎えたのは寮長と寮母の夫婦だった。夫婦は初老と呼ぶべき年代だろうか。ともにグレーヘアだが、表情は若々しく快活だ。

この実吉野学園では基本的に小舎夫婦制《しょうしゃふうふ》が採用されている。小舎夫婦制とは、児童自立支援専門員と児童生活支援員の役割を持った夫婦が児童とともに寮舎へ住みこみ、家庭的なアプローチを取りながら児童を支援していく形態だ。児童自立支援施設が創立された当初——感化院と呼ばれていた頃——からの伝統的な形態であった。

「僕はこのカラタチ寮の寮長、細川丈治《ほそかわじょうじ》だよ。よろしくね」

握手を求めて手を差し出され、萌果は視線を逸らしてそれを無視した。丈治はほんの僅かに苦笑したが、萌果の行為を咎めるでもない。そう珍しい反応でもないのかもしれなかった。

「あたしは芳恵《よしえ》よ。みんなはあたしのことヨシエさんって呼んでるわ。よろしくね、萌果ちゃん」

こちらにも大して反応しなかったが、ふたりはさほど気にした様子を見せない。

寮まで萌果を連れてきた職員が深々と礼をして、丈治と別室に入っていった。引き継ぎ事項の伝達をするのだろう。萌果は彼らの後ろ姿をなんとなく目で追ったのち、息を吐いて椅子に深く凭れかかる。

「さて萌果ちゃん。まずはお茶にしましょうか」

芳恵はそう言うと立ち上がった。茶菓子を引っぱり出してきて緑茶と一緒に萌果の前に置く。それから、また少し席を外してノートと鉛筆を持ってくると、同じように萌果へと渡した。

「ここでは固くならないで、リラックスして過ごしてほしいの。——そのノートと鉛筆はあなたのものよ。好きに使ってちょうだいね」

言われて萌果はちらりとノートを見やる。

「あとで寮長と一緒にこれからのことを話し合っていこうと思うんだけど、まずはね、この場所に慣れてもらうことが大事だとあたしは思ってるの。だから何か分からないことか、訊きたいこと、伝えたいことがあったら遠慮なく書いて？」

萌果の声のこと——筆談が必要なことを事前に聞いているのだろう。萌果はとりあえず喉の渇きを潤《うるお》すべく湯呑《ゆの》みを引き寄せた。

「お菓子もどうぞ」

一瞥し、小さく頷く。施設では食事の時間が決められており、いつでも好きに間食ができるわけではない。これは今だけのおもてなしなのだろう。

「何か不安に思ってること、心配なことはない？」

問われて萌果は視線だけ返した。芳恵はゆったりと構え、萌果の反応を待っている。首を振って否定するでもノートに何か書くでもない萌果の様子を見て、小さく微笑《ほほえ》む。

「今すぐじゃなくていいわよ。伝えたくなったら教えてちょうだい」

芳恵の余裕のある振る舞いに、萌果は少し戸惑い、目を伏せた。


「やあ、待たせたね。それじゃあ説明していこうか」

しばらくして引き継ぎを終えた丈治が戻ってきた。芳恵の隣に腰を下ろし、印刷した紙をホッチキスで留めた簡単なしおりを渡してくる。こういうのは前の施設でもあった。お決まりのオリエンテーションなのだろう。

「君は施設での暮らしを大体知ってると思うけど、細かいスケジュールや決まりが違ってるかもしれないから、一から説明していくね」

そう言うと丈治は一日の暮らしの流れについてひととおり話した。起床の時間から就寝の時間まで、毎日何をしなければならないか、何が禁止されているか、分かりやすい言葉で丁寧に説明してみせる。何か質問はあるか、と訊ねられて萌果が首を振ると、丈治は鷹《おう》揚《よう》に頷いた。

「じゃあ本題に入ろうか、羽山さん。これからのことについてお話ししよう」

萌果は僅かに身構える。挑むように視線を送った。

対する丈治は鷹揚な笑みを崩さずに言う。

「このカラタチ寮は特別寮といって、ほかの寮とは少し違う寮なんだ。見てのとおり、この寮には今のところ君しかいない。寮長の僕と、寮母の芳恵と、三人で生活することになる。家族みたいにね」

その言葉に、萌果は内心で冷笑した。

（家族ごっこなんて反吐が出るね）

以前のように口が利けていたら丈治にそう言っていただろう。誰にも聞かれることのない憎まれ口ばかりが萌果の中に溜まっていく。発露する場を失ったそれは腹の底に一言ずつ重く沈み、身内を蝕《むしば》んでいくようでもあった。

「君はこれからここで暮らしていくことになるけど、君が望むならここを出てほかの寮に移ることもできるよ。元々ここは一時的な場所だからね。実吉野に来た子たちはみんな、この寮を経《へ》て集団生活の輪の中に入っていくんだ。もちろん君にもほかの子と同じようにそうする権利がある。だけど、君はこの寮を出るタイミングを好きに決めていい」

疑問を感じ、思わず首を傾げそうになる。怪訝な顔をする萌果に丈治は言った。

「大事なのは君がこれからどうしたいか、何をしたいかってことなんだ。すぐには決まらないだろうけど、それを一緒に考えていこう」

（……あたしがどうしたいか？）

目で問えば、丈治は目許を和ませて見つめ返してきた。じっと見据えられる居心地の悪さに萌果が目を逸らすと、芳恵が小さく笑う。

「難しく考える必要はないのよ。萌果ちゃんがしたいと思うこと、なんでもいいの。思い浮かべてみて」

突然そんなことを言われても萌果には困惑しかなかった。

何を言われるか、何をせよと求められるか、こう言われたら何を返そうか、いつもそんなことばかり考えてきた。言うならば、萌果の行動の大半は他人からの働きかけに対する反発だ。他人からの強要や抑圧に反抗する手段をいつも考えていて、反発は半ばアイデンティティーのようになっている。だから、他人からの口出しのない自由な状態で主体的に何をしたいかと問われても、すぐ考えることができない。——そう気づいてしまった。

暫《しば》し黙りこんで、動揺しながらノートへ手を伸ばす。

こんなものを用意されても、何も書くことはないと思っていた。彼らに対して伝えたいことはひとつもない、対話など不要だと。どうせまた枠組みに入れられて、規則に縛られて、管理されるだけだと思っていたから。無言を貫《つらぬ》くことで受け流すつもりだった。

鉛筆を持ち、何か書こうとしたが、ぴたりと動きが止まってしまう。頭の中で言葉が散らかっていてどう書けばいいか分からない。少し文字を書いては二重線で消して、考え考え、ようやく文章にする。

『あたしが決めていいことなの？』

「もちろん」

一言で答えられ、頭を掻き毟《むし》りたくなった。……そんなことを訊きたかったわけではないが、疑問と思いをうまくまとめられない。

『それは変だ』

「変？　ちっとも変じゃないよ」

『あたしにさせたいことがあるはず』

「強いて言うなら、君のこれからを君自身で決めてもらうことが僕たちのさせたいことかな。自分のことを自分で決めるのは当たり前のことだよ」

(――そうじゃない!)

もどかしさに爪を噛む。自分の訊ねたいこと、伝えたいことがどうも噛み合わなかった。この疑問と胸に渦巻くもやもやをどう文章にすればいいのか分からない。回路が繋がっていない感覚がする。

言いたいことがあるにも拘わらず、それが正しく伝えられないもどかしさは、言葉を知らない幼児の癇癪にも似ている。そう考えると、また自分の無力さに頭痛を覚えた。

『寮をいつ出てもいいなら今出ていく』

「それはちょっと早すぎるね」

『好きに決めていいって言った』

「言ったね。でもそれは、ほかの子より長くここに居ていいって意味なんだ。短いのは駄目なんだよ。ごめんね」

言われて、それだ、と萌果は思う。

説明を聞きながら覚えた違和感。訊きたいことのうちのひとつ。

『ほかの子とあたしの何が違う?』

そう書いて見せると、丈治はまっすぐ萌果を見て言う。

「君は特別なんだ」

（特別？）

萌果は眉を顰めて丈治を見返した。少し考え、ああ、と合点する。

（そうか。あたしには前科があるからだ）

自分で出した答えに苦くも納得していると、丈治が言った。

「君には特別なケアが必要ってことだよ。ここはそのための特別寮なんだから」

思いもしない言葉に萌果は目を丸くする。芳恵の茶を啜る音が妙に耳に残った。

3

よく分からないことになった、と思う。

混乱のまま話し合いは流れてしまい、ここ数日はひとまず決められた生活をなぞるような暮らしをしている。日々の食事は寮長寮母と三人で顔をつきあわせて摂り、寮母の手伝いをしながら菜園の作業をし、分教室では女性教員と一対一で授業を受ける。

どうにもすっきりしない、腑に落ちない感覚があった。明確にこれとは言えないが、胸にわだかまる感覚のせいでただただ居心地が悪い。

朝の身支度で洗顔しながら、ひっそりと溜息をつく。ほかに児童がいない洗面所はゆったりと使えて少しだけ気が楽だ。

特別寮は誰もが初めに身を寄せる一時的な寮で、長くて一ヵ月もすれば別の寮に配寮されるのが普通だという。その中で、望む限り特別寮にいてもよいと言われた。その理由は特別なケアが必要だから、という話だ。

（声が出ないから？　あたしは障碍者《しょうがいしゃ》として優しくしてもらえるって話か？）

そんなの願い下げだ、と吐き捨てるように思う。これ以上の見下しを受けるのは耐えられない。

（あたしは可哀相なんかじゃない）

どんな辛いことにも耐えてきた。あれくらいのことで参るはずがない。声が出ないのは精神的なものだと言われるが、首を絞められたせいだ。もしくは——、
鏡に映る、やさぐれた表情の少女を見返した。睨めば睨み返してくる少女の恨みがましい眼を見ると、時折はっとする。すぐに鏡だということを思い出すのだが、どこか無意識に身構えてしまうのだろう。

（あんたの呪いなんだろ？）

睨み合いながら、少女へ内心で語りかける。

（どうあってもあたしを許さない、どこまでも苦しめてやるっていう、そういうことなんだよな？）

無音の問いかけに対し、当然少女は答えない。幼い容貌《ようぼう》に不釣り合いな眉間《みけん》の皺《しわ》が深く刻まれるばかりだった。

「萌果ちゃん？」

ふいに背後から肩を叩かれ、文字通り飛び上がる。肩に置かれた手を力いっぱい払い除けて振り返ると、芳恵が立っていた。

「びっくりさせたわね。ごめんね。ちょっと時間が掛かってるみたいだったから、様子を見に来ただけよ」

芳恵は苦笑しながら言って、すぐに立ち去る。その後ろ姿を、見えなくなるまで睨み続けた。


「羽山さん、調子はどうですか？」

心理士との面談があったのはその日の午後のこと。ハスキーがかった声が特徴的な彼女は齋藤《さいとう》といった。柔らかそうなウェーブのついた髪をサイドテールにまとめている。目鼻立ちがはっきりして、卵顔の頬は少しシャープな印象だった。

萌果は、特に何も伝える気はない、という態度を前面に出して座る。不貞腐《ふてくさ》れた様子でコミュニケーションを拒絶する意思表示を続けると、齋藤は手持ちのノートに何かを書きつけて見せてきた。

『いっしょにおはなししよう』

うさぎやくまの絵を添えたそれを目の前に出され、萌果はうんざりと手で払い除ける。机から滑り落ちそうになったノートを齋藤が慌てて摑み、「セーフ」と言って笑ったが、萌果は無視した。

「――何にも話したくない？」

問いかけを完全に聞き流す。聞こえていないかのように目も合わせなかった。

これまでも何度か、臨床心理士の介入はあった。一時保護所では知育テストのようなものを出されたり、ロールシャッハテストを受けたりしたが、カウンセリングに関しては沈黙を貫き続けていた。それは無論、心理士に対する不信を意味する。

自ら改善する意思のない者にケアを押しつけるのは得策ではない。況《ま》して信頼関係不足とあれば、なおのこと一朝一夕では解決しない。一時保護所には萌果と時間をかけて向き合うゆとりなどなく、早い段階で心理士から見放されたのだった。

萌果はそれで良かった。自分の心の中に何人たりとも踏みこんでほしくない。土足で踏み荒らされるのは御免だった。

「ふむふむ……」齋藤が独りごち、自分の手許の資料を繰る。「なるほど、なかなか手強《てごわ》いね」

(じゃじゃ馬扱いか?)

萌果は頬杖をついて窓の外を見ながら小さく鼻を鳴らす。子ども扱いも厄介者扱いも腹が立つが、後者は少なくとも自ら招いていることなので仕方ないという意識もあった。

「分かりました。じゃあ羽山さん、これから毎日寝る前に日記を書いてください」

(またか)

日記は志摩原学園でも日課として設定されていた。まともに書いた例はなかったが。

「一日の出来事と、自分の思ったこと。感じたこと。なんでもいいです。それとあともうひとつ、詩を書いてください」

(――詩?)

萌果は眉を顰めた。

「日記と詩を寝るまでに書いて、それから次の日に必ず提出してくださいね。サボりは駄目です。もし提出しなかったり、書かなかったりしたらペナルティを受けてもらいます」

懲罰か、と内心で薄く嗤う。ルールがあり、それを破ればペナルティがある。当然のことだ。もしペナルティがなければルールを守る必要もない。……そうやって、約束は果たされないことを前提に決められるものなのだ。

「ペナルティの内容は……そうですね、秘密にしておこうかな。そのときのお楽しみっていうのはどうですか？」

いい加減なことを言う齋藤に苛立ち、萌果は仕方なく鉛筆を手に取る。

『いま言えよ』

「お、強気ですねえ。嫌いじゃないですよ」

『説明責任があるだろ』

「難しい言葉を知ってますね」

のらりくらりとした言葉を返す齋藤を睨めつける。萌果は感情のまま殴り書き、ノートを机に叩きつけた。

『あたしを子どもあつかいするのはやめろ』

齋藤はノートを見て、それから萌果の顔を見る。

「……羽山さん。私はあなたの要求に必ずしも応えるつもりはありません」

何を言い出すんだ、と顔を顰める萌果に、齋藤は続けた。

「でも、あなたがどうしても譲れない主張に関してはできるだけ応えていきたいと思っています。なので確認しますね。『子ども扱いしてほしくない』という主張は、羽山さんにとって譲れないこと、そうされると我慢ならないことですか？」

萌果は予想外の言葉に少したじろいだ。茶化す雰囲気もなく、ごく真面目に問いかけてくる齋藤に戸惑い、つい目が泳ぐ。

動揺したが、侮《あなど》られるわけにはいかない。萌果は鉛筆を固く握りしめ、裏に文字の痕がつくほど強く書いた。

『当然』

分かりました、と齋藤が頷く。

「では、失礼な態度を取ったことをお詫《わ》びしますね。——申し訳ありません。説明責任はありませんけど、ペナルティのこともお伝えします」

少し畏《かしこ》まった調子になった齋藤を怪訝な目で見ていると、齋藤は微笑んで言った。

「日記と詩の提出を怠った場合、内容が不十分だった場合のペナルティは、次の面談の時間でたっぷり私と一緒に遊んでもらいます」

萌果は目を剝き、さらに怪訝な顔をする。

『遊ぶ？』

「そうです。遊びの内容は私が考えます。ちなみにペナルティから逃げようとした場合は、二、三歳児向けの絵本の読み聞かせを追加します」

『子どもあつかいすんなって言ってんだろ』

「こちらのお願いを聞けない人の要求は呑めませんね。それに、きちんと日課を果たしてもらえばペナルティを受ける必要はないんですから、心配する必要はありませんよね？」

齋藤は言って、少し意地の悪い笑みを浮かべた。

4

結論から言うと、萌果は齋藤と遊ぶ破目になった。

日記はともかく詩を書くことのハードルが高く、一応悩みはしたのだが、まったく浮かんでこなかったのだ。詩を書くこともだが、それを見せなければならないというのも萌果を苦しめた。

「黒ひげ危機一発、知ってます？」

どん、と机の上に載せられたそれを見て、萌果は何とも言えない気分になっていた。

「ルールは簡単、このナイフを樽《たる》に刺して黒ひげを飛ばしたほうが負けですよ」

（知ってるけど……）

こんな遊びをしたから何だと言うのだ、と萌果は思う。子ども扱いするなと言っているのに、知育玩具《がんぐ》で遊ばされるのは屈辱だ。もっとも、今は憤《いきどお》りよりも諦めのほうが強いのだが。

「じゃあ先攻は私から！　それっ！」

元気よく声を上げて齋藤が樽に最初のナイフを突き刺す。

――黒ひげが飛んだ。

「な、なんだとお!? 戦う前に勝つなんて……運を味方につけるとは……羽山さん、やりますね……！」

萌果はしらっとした視線を齋藤に向ける。

（こういう空回りのテンションって恥ずかしくねーのかな）

落ちた黒ひげを拾ってセットしなおし、齋藤が席に着く。仕切り直しの一発目では、黒ひげも不動の姿勢を見せた。

「さ、羽山さんどうぞ！」

萌果は仕方なく樽にナイフを刺す。黒ひげは動かない。

「やりますね。じゃあ次、私の番です」

それから何巡かして、また齋藤が黒ひげを飛ばした。

黒ひげを捜しにいく齋藤の姿を、萌果は欠伸をしながら眺める。

「勝者がつまらなそうな顔してますね」

戻ってくるなり齋藤がそう言って、萌果は冷めた目を向けた。

「くだらないって思ってます？」

（まあね）

「こういうのは楽しんだ者勝ちなんですよ。どう足掻《あが》いても私と遊ばないといけないんだから、楽しく過ごしたほうが得なんです」

じゃあもっと面白いことしてみせれば、などと思いながら、萌果は鉛筆を手に取る。

『楽しさは強制されるもんじゃない』

「あ、それはすごく正論ですね！　素晴らしい！」

大袈裟に拍手しながら言う齋藤に、萌果は目を細めた。

――莫迦にされている気しかしない。

『つきあってらんないよ　面白くもなんともねーし』

ノートに書いてそっぽを向く。ペナルティといえ、つきあう義理はない気がした。寧ろさっきまで真面目に相手をしていたことのほうがおかしく思える。

「どうして面白くないと思います？」

『あんたが弱すぎ』

「じゃあ、負け続ければ面白いですか？」

『負けたらつまんねー』

「どうしてですか？」

『勝てなきゃ面白くないだろ』

「でも、あなたはいま勝ってるのに、面白くないんですよね？　――それはどうして？」

面倒くさい問答だ、と思いながら萌果は返事を書く。

『キョーミないから』

齋藤はそれを見て、ひとつ手を叩いた。

「そう、羽山さん。それなんです。人は自分が興味を持たないことに楽しさを見出せない。だからつまらないんです。勝つのが面白いのは、自分が優位に立って場を支配することができるからです。そして負けたらつまらないと感じるのは、優位に立てない状況に興味を失うからです。自分が常に物事の中心でないと気が済まない、これはまさに幼稚な子どもの心理です」

萌果の眉がぴくりと引き攣る。今の齋藤の言葉には、聞き流せない言葉があった。

「成熟した大人は遊びの中の勝ち負けにそれほど拘りません。なぜなら、遊びは相手と楽しむことが目的だからです。勝ちを楽しみ、負けを楽しみ、相手と仲を深めることが一緒に遊ぶということです」

齋藤の言い種がどうしても気に障《さわ》り、萌果は反論を書きつける。

『大人はこうあるべきとか決めつけんなよ　そうじゃないヤツだっているだろ』

「もちろん、精神が成熟していない幼稚な大人もいますよ？」

『ヨーチとか言うな』

「それは羽山さんの譲れない主張ですか？」

どこまでも人を食った発言に、体の底から炙られたような怒りが浮かんだ。それは喉を灼き、瞬時に脳天を突き抜ける激情だ。

萌果は机を叩いて憤然と立ち上がると、机の上に置かれた黒ひげの樽を思いきり手で払い飛ばした。

床に叩きつけられ、樽が転がっていく。齋藤はそれを視線で追い、再び萌果へ戻す。

「自分の不快感情を暴力で表現するのは、まさしく子どもの癇癪です」

うるさい、と言う代わりにノートを投げつける。

「そんなに気に入りませんか？　本当のことを言われることが？」

黙れ、と言う代わりに鉛筆を投げつける。付近にあったものを手当たり次第、齋藤に投げつけた。

「不愉快なことを言う相手を黙らせるために暴力を使う。あなたは成熟した大人のコミュニケーションである『対話』が身についていない。これは事実で、あなたの行動がそれを裏付けています。否定したいのでしょうが、あなたは今まさに全身全霊で、自分が幼い子どもだということを体現しているんですよ」

最後に机を引っ繰り返して、萌果は肩で息をしながら齋藤を睨んだ。

齋藤は――萌果の行動に対して怒りを返すでも、戸惑うでも萎縮《いしゅく》するでもない。あくまで落ち着いた態度を崩さなかった。

静かな目は冷ややかでもあり、どこか呆れすら窺える。決して対等な人間に向ける眼差《まなざ》しではなく、檻《おり》の中の暴れる猿を観察しているかのような心理的隔たりもあった。

不完全に燃焼した怒りが燻《くすぶ》りつつ鎮火する。上がった呼吸を整えながら齋藤の顔を見ているうち、萌果は次第に自己嫌悪が浮かぶのが分かった。

（くそ、確かにこれじゃガキの癇癪だ。三歳児が駄々こねてるのと変わりゃしねえ――）

恥辱に頬が染まる。俯いて奥歯を噛み締め、爪が食いこむほど拳を握りこんだ。

単純な煽りに乗せられて息が切れるほど暴れるのも、地団駄踏んで泣き喚くのも、言われてみれば同じような感情表現だった。それは決して、大人には相応しくない。

そう分かっているが、萌果は子どもの癇癪のような怒り方をする大人を何人も知っている。思えば身の周りにはそんな人間ばかりだった。……自分すらも。

ならばそれを客観的に見てどう思うかは知れたことだ。みっともない、恥ずかしい人間だと軽蔑する。とても、まともに話ができる相手ではないと。それが至極まともな人間からの評価にほかならない——

考えて、萌果は爪を嚙みちぎった。

「……羽山さん」

おとなしくなった萌果の様子を見て齋藤が声をかける。

「あなたがいま感じているその感情を覚えていてください。あなたが自分の本当の姿を突きつけられて感じたこと。感情。そういうものを日記や詩に書いてみてくださいね。悔しかった、悲しかった、恥ずかしかった——『ムカついた』だけにまとめず、できるだけ多くの感情を書くといいと思います。あなたの感じる怒り、不愉快さ、暴れずにはいられない感情の強いうねりには、あなた自身が普段は気づかない何かも隠れています。それを存分に感じて、見つめてください」

萌果は顔を上げ、眉を顰めて彼女の顔を窺った。淡々とした声音だが、その表情に冷たさはない。

「あなたの心が感じたことを否定したり恥じたり、見ないふりをするのはいけません。齋藤にこんなことを言われて厭だった、腹が立った、そういうことを包み隠さず、自分に正直になって記すこと。そして余裕があれば、どうしてそう感じたかを考えてみるのもいいでしょう」

言いながら齋藤は机を起こし、床に転がった玩具を拾い上げた。萌果が先ほど無節操に投げつけたノートや鉛筆なども拾い、机の上に並べていく。周辺を元通りにしたあと、改めて萌果に向き直った。

「――あなたは幼稚です。それは事実であって、だから良いとか悪いとかはありません。でも子ども扱いをしてほしくないのであれば、成熟し自立した大人になることですね。そのためには、自分の現状を理解し認めることから始めてください」

齋藤が自らのポケットを探り、絆創膏《ばんそうこう》を取り出す。爪がちぎれて血が滲んだ萌果の指先に巻きつけ、しっかり留めた。

「良かったらどうぞ。足りなくなったらいつでも言ってくださいね」

齋藤が萌果の手を広げて絆創膏の箱を握らせる。齋藤の手には、先程負ったであろう細かい擦り傷や蚯蚓《みみず》腫《ば》れがいくつかあった。

萌果は自室で鉛筆をこめかみに当て、壁を睨みながら考える。

幼稚だ、子どもだ、と煽られた。それだけのことでなぜあれほどまでに腹が立ったのか。

そもそも短気で、些細なことでも腹が立つのは日常茶飯事だ。いつも不機嫌で不愉快。しかし自分がどうしてそうなのかという疑問を持つこともなく、理由を考えたこともない。

こんな施設に閉じこめられて管理されているのだから、気が晴れないのは当然のこと。もし自分がもっと自由な生活をしていたら、誰の監視もなく気儘に過ごせていたら、今ほどストレスが溜まることだってないはずだ。そう思っていた。

では、施設に来る前はどうだったのか？

思い返してみれば、自分はやはり毎日不機嫌だった。心の安まることがあったかと問われても、まったく記憶にない。いつも仏頂面顰めっ面で、人相が悪いとよく言われていた。目を合わせただけで睨まれていると言われ、遠巻きにされていた覚えすらある。

（あたし、一体いつからこうなんだっけ……？）

椅子の背に凭れ、目を閉じて考える。しばらくそうしていたものの、やがて何か良くないものが表出しそうな気がして、眉を顰めながら目を開けた。

記憶を掘り返せば掘り返すほど厭な気分になる。きっと心の根深いところに要因があるのだろうとは思うが、それにはあまり触れたくなかった。

過去を遡れば思い当たる厭な出来事など無数にある。敢えてそのひとつひとつに焦点を当て、苦いものを甦《よみがえ》らせたいとは思わない。

（感情を日記や詩に書く――か）

なにしろ齋藤に提出するものという前提がある。赤裸々に書こうという気には到底ならないが、気持ちの整理に使うというアイディアは悪くないのかもしれない。

そう思いながら、萌果は考え考え、鉛筆を強く握り直す。

（あたしだって……いい加減どうにかしなきゃいけないことくらい、分かってるんだ）

とはいえ、いざ書こうと決心したところで、自分の考えたこと感じたことをどう文章にまとめればよいのか感覚が摑めない。そもそも日記を習慣として書いたことがないので、最初の一文字にすら頭を悩ませる始末だ。

文章を書くのが致命的に苦手というわけではないはずだった。現に反省文は——どうしても癪に障って提出には至らなかったが——それなりに書けるのだから、流れを掴めばなんとなく書き進められるはず。そう思いながら、萌果は再び鉛筆をこめかみに押し当てつつ考える。

(日にちと天気……いや、天気はいらないか? 今日は——があった、——と会って、——ということを言われ、苛々した……)

国語の成績はそう悪くなかった。作文もまあまあ書けていた。本もごくたまになら読む。最後に読んだのは何年も前だったが。

『今日は、日記と詩を書いて提出する日《にっ》かをサボってペナルティになった。心理師のサイトウさんが子どもだましのおもちゃを持ってきて遊ぼうと言われた。黒ひげナントカカントカってやつ。バカにされてるしクソつまんねえ気分。しょーもない。小さいガキじゃないんだから。いろいろ言われてチョームカついて机を引っくり返して子どものカンシャクだと言われた。分からなくもないと思わなくもないけど私は悪くないはずと思う。』

ひととおり書いて、それから文章を改めて読み直す。

やばい文章だ、と思った。何がどうという細かいことは分からないが、ただやばいということだけは理解できる。

……いや、書けてはいるし、一応読める文章でもある。しかし何かが漠然とやばい。

そもそも漢字があまりに書けていない。これは筆談するようになってから頻繁に思う。

字を書く習慣がないと漢字どころか平仮名すら怪しくなるものだ。

頬杖をつき、溜息をついて、考える。

齋藤は何と言ったか。ムカついた、という言葉だけにまとめず多くの感情を書くといいと言っていただろうか。

(そう言われてもね)

唇をとがらせ、しばらくの間、目を瞑ってみる。

眠ろうと意識して目を閉じるときには不要な思考が大挙して押し寄せるくせ、こういうときに限って頭の中はすっきりと無だった。慣れないことをしたせいで脳が疲れているのかもしれない。

そうして空白の状態のまま時間が流れていく中で、ふと何かの気配を感じた。

まるで隣に誰かがいるような。すぐ傍に立ってノートを覗きこんでいるような、そんな気配だ。

うっすらと目を開け、横目で気配のもとを確認する。

丸い頭のシルエットとあどけない頬の曲線。

窺えない表情の代わりに、密に生《は》えたアーチ状の睫毛《まつげ》をしっかりと視認する。

——萌果だ。

体が思わず逃げを打ち、椅子から転がり落ちる。

尻餅《しりもち》をついて呆然とその場所を凝視した。

そこには誰もいない。

残ったのは、したたかにぶつけた体の痛みだけだった。

5

これからどうしたいか、何をしたいか、という問いについて未だに答えを出せずにいる。

寮長の丈治に問われたのは、萌果が寮に来て三週間ほど経った日のことだった。

「そろそろ考えはまとまった？」

萌果が首を横に振ってみせると、そうかあ、と丈治はほんのり苦笑した。

「まあ、特に焦ることもないんだけどね。君も少しずつ変わってるようだし。もし何か思いついたら教えてくれるかな」

首肯することもなく丈治をただ一瞥し、萌果は視線を逸らす。無責任なことを言ってくれる、と投げやりに思いながら。

——確かに、日記で内省するようになってからというもの、萌果の心持ちは少し変わった。自分がどんなときに苛立ち、どんなときに我慢ならないほどの怒りが湧《わ》くのか、不快に思うのか、感情の動くきっかけを日常から掬《すく》い上げることで少しずつパターンが見えてきて、客観視できるようになったのだ。初めの頃はぎこちなかった文章も書いているうちになんとなくマシにはなってきた。

他人の言動からどんなメッセージを吸い上げ、どこに反応しているか。それを理解すると、ぐちゃぐちゃに絡まった感情の糸が解けてすっきりする。今までの自分の怒りがそうした混乱の中にあったことも分かってきた。

だからといって、それで萌果が劇的に変わったのかというと、当然そんなことはない。たかだか数日間内省したくらいで問題が片づくと思ったら大間違いだ。

特別なケアが必要と言いながら、丈治にしろ芳恵にしろ、萌果に対して特別な働きかけをすることはない。ただ食卓を一緒に囲み、農作業をし、他愛《たわい》のない会話をするだけ。こんな当たり障りのない家族ごっこに何の意味があるのか、萌果は理解に苦しむ。

心理士に任せて放置しているくせ、無責任に更生を期待されるのは面白くなかった。

『あたしに決めさせるのは責任のホーキじゃないかって思う』

そう書いて突きつけると、齋藤はきょとんと瞬く。

「そうですか？　私は寮長先生の言ってること正しいと思いますよ。自分のことは自分で決める。主体的に物事を考えるってことでしょ」

『だってそうじゃないだろ』

「何がです？」

『ここは更生のためのシセツなんだから　放任して勝手に更生しろってのは変じゃねえか』

「ふむ……？」

齋藤はまじまじと、文章と萌果の顔とを見比べた。

「つまり、羽山さんは〈こうあるべき〉とか〈こうするべき〉というところに縛られてもいい、と?」

『ちがう!　前のシセツではいつまでにこうなることを目指すみたいな目標を細かく立ててた』

「でも、守ってこなかったんですよね?」

萌果はむっと唇をとがらせた。――齋藤にはいつもこうして言い負かされてしまう。

「なぜ守れなかったと思います?」

『めんどくさいから』

「なぜ面倒に思いました?」

『うるせーな』

「考えるのをやめちゃ駄目です。もっと自分に問いかけてください」

『うるせーな』

さっき書いた文句をそのまま使いまわして齋藤に見せ、萌果は溜息をついた。鉛筆をくるくる回し、それからノートに書く。

『フツーに守る気なかった　くだらないと思ったし　むしろ守る理由がない』

「自分で決めた目標じゃないから、的外れだと感じたし達成しようという気にもならなかったということですよね」

『なんか話をゆうどうしようとしてない?』

「気のせいです」

何かをメモしながら齋藤がしれっと答えた。萌果は頬杖をついて彼女を胡乱げに眺めたあと、鉛筆を走らせる。

『どうしたいか自分で決めろって言われても　あたしのやりたいことはどーせキャッカされるよ』

「そんなことありませんよ」

『あたしはシセツを出てひとりで暮らしたい　それはダメなんだろ』

「ああ、それは確かに許可出せませんね。羽山さんは未成年ですし」

『子どもだからダメなんだろ』

すぐさまそう書いて見せると、齋藤はぴたりと動きを止めた。興味深そうに文字を読み、それから言う。

「……なるほど。あなたは自分が不自由な生活を強いられている理由を、子どもだからだと認識しているわけですか」

萌果は目を瞠った。――そのときの感情は、ぎくりとした、と表すのがより正確なのだろう。言い当てられたことに対し、何か名状し難い不安のようなものを感じていた。

「羽山さん。あなたの〈子ども〉についてのイメージを教えてくれますか？　単語の箇条書きでいいですよ」

戸惑いながら、萌果は罫線《けいせん》の引かれたノートを見つめる。

齋藤の言葉を聞いた瞬間、脳裏に浮かんだ顔があった。それを振り払い、意識しないようにして、考える。

『弱い　たよりない　未熟』

書きながら、振り払おうとした存在が迫ってくるような感覚に囚《とら》われる。

『うるさい　うっとうしい　きゅうくつ』

書きながら手が震え、文字が震える。次第に息も切れ始めた。

『あたしをうらんでる』

手から鉛筆がこぼれ落ち、萌果は何か恐ろしいものを手放すかのようにノートを投げ捨てた。目を大きく見開き、顔を凍りつかせる。

ノートを拾って怪訝な顔をする齋藤に気づき、萌果は慌てて手を伸ばした。ひったくるようにノートを取り返し、ページを破ってぐしゃぐしゃに丸める。それを床に叩きつけると、さらに上から踏み潰した。

二度、三度、四度……息の根を止めるかのように、執拗に何度も踏みならす。

「……羽山さん？」

声をかけられ、ふと我に返った。虚脱してずるずるとその場に座りこむ。

（そう、あたしは呪われてるんだった）

呆然とそう考えて無意識に腕を摩《さす》った。——分かりきっているはずの、呪われている、恨まれているという事実をこんなにも恐ろしく感じたのは初めてだった。忌々しく思いこそすれ、怯えることなど一度もなかったのに。

どうして今更になって脅威のように感じなければならないのか？

考えて、思い出す。初めて日記をきちんと書こうと決心し、机に向かったあの日のこと。

ノートを覗きこむようにして立っていた少女の姿。息遣いや体温すら伝わりそうなほどすぐ傍にいたのに、あれほどにもリアルだったのに、生者としての気配も質感もまるでなかった。

白昼夢の幻覚ということで片づけていたが、本当にそうだったのだろうか？

あれ以来、ふとした瞬間に何かの気配を感じることがあるのだ。はっきりと姿を見せることはないものの、どこにいても視界の端で何かがちらつく。身構えているときには何もなく、忘れたような頃にふと、何かが動いて消えるのだった。

眼球上に浮かぶごみかと考えたこともある。何かは輪郭《りんかく》も摑めない。黒い点のようでもあり、白い光のようでもあった。神経質になっているのではないかと思いもする。本当のところは分からない。

分からないが――ひとつだけ確かなことがある。

それは、自分が恨まれているということだった。

（この先どんなことがあっても、あたしがあの子に許されることは絶対にないんだ）

思いながら、いつか鏡で見た荒んだ顔の少女を脳裏に甦らせる。

紛《まぎ》れもなく自分であり、自分ではありえない子どもの姿。

ただただ、頭を抱えこんだ。

6

月が浮かんで見下ろしている。

「お前のことを知ってるよ」

草木が揺れてささやいている。

「お前のことを見ているよ」

風が吹き荒れあざ笑っている。

「お前のことを聞いてるよ」


目があり口があり耳がある。

そのすべてが私に指をさす。


「お前は誰だ」

「お前は私だ」

「私がお前だ」

「お前は誰だ」


私を見ているお前は誰だ。

お前の見ている私は誰だ。
お前は誰で一体どこにいる。
私の中にいるのは

ぐしゃ、と原稿用紙が手の中で潰れる。これでもう何枚目なのか、気づけばゴミ箱には没の山が堆《うずたか》く積み上がっていた。それを見遣って萌果はうんざりと息を吐き、国語辞典を閉じる。

書き直せば直すほど疚しさが顕著な詩になってしまう。それは自身の心情をそのまま表しすぎていて、今のままでは到底提出できない。心理分析の材料にされると分かっているからだ。

提出した詩について、齋藤が何か言及したことは今のところない。適当に書いたものは目敏《めざと》く見抜いてくるものの、内容を読んでああだこうだと口を出されたことはなかった。感想のひとつもないので張り合いはないが、かといって感想を言われても困るので今の具合がちょうどいいのだろう。何も言われないからこそ萌果は自由に書ける。とはいえ、まったく齋藤の目を気にせずに書けるかといえばそうでもない。

——羽山さん、何か隠してることがあるんですか？

そんな直截的《ちょくせつてき》に問いかけてはこないだろうと思いながらも、齋藤から訊かれる場面を想像してみる。

——良かったら教えてください。きっとあなたの助けになりますよ。

こんな人の好《よ》さそうな台詞《せりふ》を実際の齋藤が吐いたことはないように記憶しているが、想像上の齋藤はそう語りかけてきた。

──言ってもきっと分かんねぇよ。

頭の中で自分の声がそう答える。

──どうしてですか？　言ってみてくださいよ。

──言えねぇから隠してんだよ。誰も信じない。

──聞いてみないと分かりませんよ。

どうせ信じない。そんなことは分かりきっている。実際に今まで、誰ひとりとして萌果の言葉を信じる者はいなかった。

だからこそ言ってみてもいいのではないか、とふと思う。

臨床心理士である齋藤が萌果の話にどう反応するのか。それを確かめるのは、齋藤が信頼に足る人物かどうかを見極めることにも繋がるのではないか。

尤《もっと》もらしい口実を得て、萌果は心が浮き立つのを感じた。

逸《はや》る気持ちを抑えながら就寝の支度《したく》をする。

齋藤がどんな顔をして何を答えるのか、そういう想像で胸を膨《ふく》らませるのは、萌果にとって悪くない時間であった。


「……どうかしました？　羽山さん」

いつどのタイミングで打ち明けようかと機会を窺っていた萌果の挙動は、やはり不審に映ったらしい。少し怪訝そうに訊ねられて顔を上げ、今だ、と思った。

『ちょっと聞いてほしいことがあるんだけど』

「はい。何でしょうか」

平坦な笑みを浮かべてみせる齋藤に、柄にもなく緊張して手が震える。齋藤ならば萌果の心理状態などお見通しかもしれないが、それでも努《つと》めて淡々としたふうを装いながら鉛筆を走らせた。

『あたしほんとは萌果じゃないんだ』

そう書いたノートを見せると、齋藤は僅かに目を丸くして萌果を見つめてきた。

『信じるか？』

追伸すると、考えこむように黙りこんだのち、いつになく真面目な調子で齋藤が言う。

「詳しく聞かなければなんとも言えませんが。あなたは自分のことをそう認識しているということですね？」

うん、と頷いて反応を窺えば、齋藤はまた黙りこんだ。流れる沈黙がどうにも心臓に悪い。

「羽山萌果さんとは別の人格で、今はあなたが萌果さんの代わりに生活をしている、と？」

『そう』

「では萌果さんは、今？」

書こうとして一瞬ぴたりと手が止まった。躊躇したが、どうせ信じない、と再度思い直す。そうした諦念が前提にあることで、何を言っても大丈夫だろうという無鉄砲《むてっぽう》な大胆さが背中を押した。

『死んだよ　あたしが殺した』

齋藤が再び黙りこむ。茶化す言葉のひとつもなく真剣に考えこむその顔を見ていると、萌果の胸に不安がじわりと滲んだ。

「――打ち明けてくれてありがとうございます」

たっぷり間を空けたあと、齋藤が言う。

「このことを私に打ち明けようと思った理由、きっかけはなんですか？」

意外な問いに萌果は目を瞬かせた。何か書こうとノートに蚯蚓をのたくらせ、手を止める。上目遣いで齋藤を窺えば、観察するような視線にぶつかった。

理由。きっかけ。そんなことを第一に訊かれるとは思っていなかった。

どう答えるべきか迷い、こめかみを軽く鉛筆で叩く。しばらく迷ったすえ、萌果はようやくノートに文字を綴《つづ》った。

『反応を見たかっただけ』

「それは……私の、ですか？」

首肯すると、ふむ、と齋藤は口許に手を当てる。

「正直に言うなら、驚き半分、納得半分というところです」

独り言のようにこぼされた言葉に首を傾げると、齋藤が口を開いた。

「あなたが多重人格――つまり解離性同一性障害の疑いがあるとは聞き及んでいました。

「その自覚があるということですよね？」

はあ、と小さな嘆息が漏れる。

やっぱりそういう話になるのか、と落胆に肩を落とした。

誰も彼もが萌果を多重人格だと結論づける。理解しやすく納得しやすい定義に当てはめたがるのだ。

「違いましたか？」

萌果の反応を見て、齋藤がさらに問いかけてくる。萌果は渋々鉛筆を握った。

『あたしはそうじゃないと思ってる』

「……なるほど」

『多重人格って表と裏みたいなやつだろ？　ジキル博士とハイド氏みたいな』

「個人差のある症状ですから一概には言えませんが……ひとりの人間が必ずしも善と悪にはっきり分かれるということではありません。何か精神的に強く負担が掛かるような出来事が起きた際、その防衛反応として解離が起こります。出来事を記憶ごと切り離してしまうんですね。そうして記憶の連続性が断たれたとき、切り離された記憶が独立した人格を持って羽山さんα《アルファ》になる――これが人格の分かれるメカニズムです。ここで分かれた人格は、解離するきっかけとなった出来事に対応した役割を持っていることが多いですね」

ずいぶんややこしいんだな、と思いながら眉を顰めつつ、どうしたものかと齋藤の顔を窺う。

『あたしが多重人格ならあたしと萌果っていう人格が別々にあるってことになるよな？』

「そうなりますね」

『でもあいつはいない　自分じゃなかったときも記憶がとぎれたこともない』

そう書いて見せると、確かに、と齋藤は難しい顔をする。

「記憶の欠如もなく交代人格の出現もないとなれば、解離性同一性障害だと診断するには決め手が足りませんね。ですが、明らかに羽山さんが異なる自己認識をしていることを考えれば、可能性がゼロとは言えないんです」

神妙な顔でそう言う齋藤を見ているうち、さらなる不安が押し寄せてきた。心理士の齋藤までもがそう見立てるのであれば、くだらないと一蹴するのはあまりに乱暴にも思えてくる。

(あたしが……多重人格？　萌果の人格の一部だって言うのか？)

そんなはずはない。だって自分は——。

「あなたが萌果さんではなく、萌果さんから分かれた人格でもないとするなら」

齋藤がこちらをまっすぐに見つめ、問いかけてくる。

「あなたは一体、誰なんですか？」

視界の端にちらりと誰かが通り過ぎていったような影を見た。

思わず目を動かして追いかけ、正面へと戻す。

静かだが促すような齋藤の視線を受け、小さく息を呑んで、それから鉛筆を握った。

『あたしは佳奈』

『羽山佳奈』

『萌果の母親だ』
『死んだってことになってるけど』
『あのとき死んだのが萌果なんだ』
ノートを見た齋藤が果たしてどんな顔をしていたのか。
残念ながら、佳奈には確かめる勇気がなかった。

四章

1

何度も見る夢がある。煩わしい子どもの夢だ。望まない子ども、足を引っ張る子ども、そのくせ耳障りな泣き声ばかり上げ、しまいには恨みがましい目をじっと向けてくる、そんな少女の夢。

鬱陶しくてたまらなかった。べつに殺そうと意図したわけではないが、突き飛ばした先に家具があった。鈍《にぶ》い音を立てて少女が倒れ、瞬きもせず虚ろに宙を眺めているのを認めて、これは死んでいるな、と悟った。

すうっと血の気が引くような調子で何もかもが遠くなる。体が異様に重く感じ、貧血を起こしたかのようにじわじわと視界が失われて黒一色になる。

そうして気がつくと、倒れた少女は見たことのある女になっていた。

この女は自分だ。

——ならば、自分は誰だ？

直視できない悪夢から目を逸らして夜を数え、ある朝、死んだ自分の周りに無数の蠅《はえ》が集《たか》っているのを見た。

耳障りな重い羽音を立てて蠅が飛びまわり、濁った眼球の上にぴたりと着地する。それだけでもぞっとしたが、前肢をすりすりと擦り合わせながら眼球の上を不規則に歩きまわる姿を目にして、何かが限界を超えた。

言葉にならない叫びを喉から絞り出し、畳みもせず放置された服を摑んで何度も叩きつける。飛び退《との》いた蠅の群れとともにほのかな腐臭が周囲へ広がって鼻孔をつき、耐えきれずに空っぽの胃を震わせて胃液を床へぶちまけた。

吐いてもなお嘔吐きながら、もう駄目だ、と思った。このままではいられないと。財布とバッグをひったくるようにして鍵も掛けず玄関から飛び出した。どこへ行くという当てもない。ただ部屋にいたくなかった、それだけだ。何の計画もないまま、うろうろと街を彷徨った。

貧相な子どもが持つには不釣り合いに派手なものを持って、保護者の姿もなくひとりであちこちを歩きまわる。見るからに怪しかったはずだが、特に声をかけられることもないまま雑踏に紛れることができた。その日が偶然にも休日だったからだろう。平日であれば、学校はどうしたとか早々に訊かれていたに違いなかった。

それでも幸か不幸か、日が暮れて夜になってもなおファミレスにいるような子どもを放置するほど世間も無関心ではない。補導され警察官の厄介になり、家に送り届けられることとなった。そこで惨状が露見したわけだ。

死んで腐敗し虫に集られ異臭を放つ自分の姿はただ恐ろしく見るに堪《た》えなかった。だからといって処理するような手段も浮かばなかった。

持て余した遺体が他者の目に触れ、事態が動き出したことについては心の底から安堵した部分もある。自分の身に起こっていること、これから起こるであろうことに考えを巡らせる余裕まではなかった。

死んだのが羽山佳奈で、自分が羽山萌果であるという事実を客観的に突きつけられたとき、幻覚じゃないのか、と思った。一連の事件で精神に異常を来し、脳が一時的に見せている錯覚だと自分なりに認識していたため、寝耳に水の気分だった。こんなことが現実であっていいのかと思ったが、夢として冷める気配もないまま日々は刻々と過ぎていく。状況を分かりやすく説明してくれる者などもいない。

——あの日からずっと呪われて、ずっと狂っている。


佳奈の告白を受け、齋藤は「少し考える時間をください」と言った。面談はそこでひとまず終わり、話は次回へ持ち越されたわけである。

職員に送られながら寮へ帰る道すがら、胸中には後悔と焦燥が拡《ひろ》がっていた。

(早まったんじゃねえのか)

重大な秘密をあんな安易に伝えることになってしまって、本当に良かったのだろうか。

……そんなことを今更ながらに思って吐きそうになる。

(あたしはいつもこうだ、考えなしで無鉄砲ですぐ莫迦みたいなことして悔やんで……)

どうしたの、顔色が悪いよ、と心配そうに声をかけてくる職員を適当に手で制してあしらい、なんとか寮舎へ辿り着いた。

「萌果ちゃん、おかえり」

「おかえり」

顔を見るなり、丈治と芳恵がいつものように出迎えの言葉を口にする。それは寮の習慣であって、特別なことなどひとつもないはずだ。にも拘わらず、佳奈は一瞬呆けて立ち尽くした。

どうしたの、と芳恵に問われて我に返る。なんでもない、と答える代わりに首を横に振った。

——おかえり、と言ってくれる人がいること、それを『居場所』と呼ぶのだろうか。

唐突な気づきとともに強張っていた体が緩んだのも束《つか》の間《ま》、それは罪悪感へ取って代わった。

（あたしはこの人たちに嘘をついてる）

何気ない会話を聞きながら食事をして、たまに話を振られて、団欒《だんらん》の中に加えられて。どう足掻いても家族ごっこでしかないのかもしれない。それでも、これが一般的な家庭なのだと想像できる余地はある。

佳奈には得ることができなかったものだ。自分の記憶にある家族はこうではなかった。しかし、多くの人間がこうした家庭を当たり前に知っているのかもしれないと思うと、ひどく言いようのない気分になる。苦しいのか泣きたいのかよく分からない感情だ。

そうして思い返してみれば、齋藤が遊びに誘ってきたのだって意味のあることだった。

孤独な萌果は大人に遊んでもらう機会もなく、誰かと楽しむということをほとんど知らなかったはずだ。齋藤はそれを代わりに大人として与えようとしていた。

莫迦にするな、と憤って無下にしてしまったが、本当は勝手に拒否する権利すらなかったのだ。厚意を受け取るべき存在は萌果だったのだから。

たとえ演出されたものだとしても、この温かい家庭はあの可哀相な少女のためにある。穏《おだ》やかで優しい普通の家庭を知らない萌果のために作られた居場所なのだ。そこに平然といる自分のことを考えると心苦しい気がした。

(この人たちはあたしが萌果じゃないと知ったらどうするんだろう)

ふたりの顔を見ながらそんな疑問がふっと浮かんだ。

どうせ信じてもらえない、虚言として適当に処理されるだけ。そう思っていたが、考えてみるとこの施設に来てからというもの、虚言癖として扱われたことはない。口が利けないせいで無駄口を叩くこともなくなったからだろうか。それとも。

(信じてもらえたときのこと考えてなかった。あたしの言うことを信じてもらえて、それでどうなるのか全然思ってもみなかった。あたしはどうなる? あたしが萌果じゃないってみんなに知られたら、あたしは……? 今度はどこに連れていかれるんだ?)

部屋に戻って布団に潜ってもそんな思考が頭の中を堂々巡りし、佳奈は何度も寝返りを打っては壁や天井を睨み続けていた。

面談室に入るのをこれほど躊躇ったことはない。

緊張しながら足を踏み入れれば、三日ぶりに顔を合わせた齋藤は拍子抜《ひょうしぬ》けするほど平素通りの様子で佳奈を迎えたが、安心するにはまだ早い。

「この前は話を中断してしまって御免なさい。続きを聞きたいのですが、構いませんか？」

何を聞きたいのだろうかと思いながらも頷くと、齋藤は机の上に書類を広げた。

「まず、あなたは萌果さんじゃなく母親の佳奈さんだという話でしたね。そのことについて詳しく聞きたいのですが——それはいつごろから自覚されたんですか？」

尋問を受けているような気分で生唾《なまつば》を呑みこむ。佳奈の強張った様子に「固くならなくても大丈夫ですよ」と齋藤は言ったが、容易に解《ほぐ》れる緊張ではない。

『あたしは最初からあたしだけど』

「では、それに違和感を覚えたのは……？」

『事件のあったあの日』

「何があったか具体的に説明できますか？」

『あんたも知ってるはずだろ』

「調査書に書かれている範囲なら。それより、あなたがどう認識しているかを知りたいんです」

鉛筆を握る手が震える。——事件当時の状況について警察や検事からは何度も訊ねられた。最初のうちは混乱しながらもありのままに話そうとしていたが、真面目に聞く者はおらず、結局は閉口するほかになかった。そうすると相手は都合良く想像して、こんなことがあったのだろう、と誘導する形で訊ねてくるので、適当に肯定して事実としたのだ。そうやって想像できる範疇《はんちゅう》に収めて委《ゆだ》ねるのが一番いいのだと思っていた。……だから、本当のことを語るのは初めてだ。

『あたしも何が起こったのか実はよく分かんなくて』

「……はい」

『萌果をつきとばして　転んで頭を打って動かなくなったのは見た』

「はい」

『それで気づいたらあたしは萌果になってた』

「なるほど。それから……？」

『あとはもう書かれてるとおりだよ』

齋藤は困っているのか笑っているのか分からない顔をした。

「もう少し具体的に教えてもらえませんか？」

『ほんとに分かんねーんだよ　いつの間にかこうなってたとしか言えない』

「では、説明は以上ですか？」

頷くと、齋藤が難しい顔をして考えこむ。

情報が少ない上、あまりに突拍子もない。信じてもらえないのも無理からぬ話だと改めて思う。もし佳奈がこの話を聞く側だったなら、ありえない、と早々に切り捨てたはずだ。

佳奈は沈思する齋藤を見ながら、ノートに言葉を書く。

『あたしのこと多重人格じゃないかって話　こないだしたよな』

「……しましたね」

『ちょっと自信なくなった　ほんとはそうなんじゃねーかって』

なぜだか殺した側と殺された側の存在が逆転した、という超常的な話よりも、よっぽど腑に落ちる。自分の頭の中にしかない事実を他人と共有し認めてもらうのは至難の業だ。それが妄想や幻覚の類《たぐ》いでないとどうして言い切れよう。

事故をきっかけに娘と入れ替わってしまい、仕方なく萌果として生活しているが、本当の自分は羽山佳奈である。……これが自己に対する認識だ。

しかし齋藤の話では、萌果が事故のショックで解離を引き起こし、佳奈――を自称する人格――を作り上げたのではないかということだった。それが真実ならば、今の佳奈は本物の佳奈とは違うということになる。

『多重人格ってのは身近な誰かを自分の中に作ることもあるのか？　たとえば親なんかとかも』

こわごわとそう訊ねれば、そうですね、と思考を巡らせるように齋藤が視線を上げた。

「解離したときに作られる交代人格は基本人格を補い保護する性質を持つことがほとんどです。解離性同一性障害の基本人格は多くが内向的で極度に抑圧的な性格とも言われていて、副人格として攻撃的で怒りの感情を持つ人格を生み出しやすいと聞きます。羽山さんの場合は身近にそうしたモデルとなる人物がいた、ということも考えられますね」

これはあくまで推測です、と齋藤は言い添え、断言を避けた。知識はあるものの専門外の事柄なので勝手に決めつけたくはないということらしい。

齋藤の言うとおり、本来の萌果は内気で口数の少ない子どもだった。それは家庭のみならず、小学校の教師からも同様の評価を得ていたので、常に心を閉ざした子どもだったのだろう。

理不尽な暴力に耐え、誰にも相談することができず、殻《から》にこもった萌果という人格を守るために佳奈が生まれた――筋が通っているように思えるが、腑に落ちない部分もある。

『ホゴする人格なんだろ？　自分をいじめてた親の人格をわざわざ自分の中に作るか？』

「それは人の精神の難しいところだと思います。虐待を受けていたとはいえ羽山さん自身にとっては唯一の保護者……親ですから。たとえ心の中では憎んでいたとしても頼らざるを得ない相手でしょう？　まだひとりでは生きていけない年齢ですし」

佳奈は両手で顔を覆った。

胸の辺りが鋭く痛む。これは罪悪感だろうか。

今更抱えても仕方のない良心の痛みは、果たして齋藤の言葉のどこに反応したものか。

『萌果本人はどうなってんだ』

「基本人格の所在ですか？」

『もしあたしがそのカイリセイなんたらだったら、元々の萌果もいるはずだよな』

「……そうですね。基本人格は核ですから。基本人格がいないと思われるパターンの多くは意識の深層に隠れているか、あるいは眠っているという話です」

佳奈は自分の手をじっと見つめながら考える。

聞けば聞くほどそうなのではないかという気がした。入れ替わったなどとは単なる妄言にすぎず、事件の実態も把握《はあく》されているとおりのもので、虐待に耐えかねた萌果が力の限り母親に抵抗した結果として殺してしまった——結局それが正しい事の顛末《てんまつ》なのではないか。

『あたしはどうしたらいい』

途方に暮れてそう書けば、齋藤はいっそ無慈悲なほどシンプルに答える。

「それを決めるのはあなた自身です」

はあ、と小さく吐息をこぼした佳奈に、真面目な顔で続けた。

「何度も念を押すようですが私の話は推測です。もし羽山さんが明らかにしたいと思うのなら、診断を受けるのがいいでしょう。望まれるなら私も解離性同一性障害に詳しい嘱託医がいるかどうか確認してみます。時間はかかるかもしれませんが」

佳奈は軽く目を伏せる。——自分で決めろと言われるたび、ひどく突き放されたような気分になる。そういう気持ちを持つことにも戸惑いがあった。元々自分は誰の助言も受けずにひとりで生きてきたはずだったからだ。

「それから、羽山さんが自分のことを萌果さんではなく佳奈さんだと認識していて、そう生きたいのであれば、それでもいいと思います。もしそうなら私もあなたのことを佳奈さんと呼びますし」

頭ごなしに否定されたり、役割を押しつけられたり、何かを強いたりされないことを不自由に感じるなんて、奇妙でたまらない。

『あたしが多重人格ならホンモノは萌果なんだろ？　ニセモノがホンモノに成り代わるみたいなことしていいっての？』

　疑問に対し、齋藤は特に悩む様子もなく言ってのける。

「何をもってそう判断するか分かりませんが——今ここに生きているのだから、私はあなたを本物だと思ってますよ」

　佳奈はしばらくじっと俯いたあと、『あたしのことは今までどおりでいい』と書いて今度こそ鉛筆を置いた。


（これじゃあ、萌果は浮かばれねえな）

　消灯した部屋の中に虫の声だけが響いている。

　一向に訪れない眠気を待ちながら何度も寝返りを打つ夜は苦しいが、未だ安眠のすべを得られず、内省と考えごとに没頭するばかりだった。

　自分を押さえつけようとする何かから反発する生き方が染《し》みついているせいで、肯定されると逆にこのままでいいのかと自身を疑ってしまう。

（目に見えることが本当で、そうでなければ証明できない）

——だとすれば、主観と客観のどちらを疑うべきかは明白なのではないか。

　齋藤は萌果を多重人格と見なした。本来の萌果はもとより、自分を佳奈だと思っている人格も含めて萌果という人間だと認識しているということだ。その上で、望むなら佳奈という人格を尊重すると言った。

理想的な反応のようにも思えるが、これはつまり、多感な時期の子どもが何かのキャラクターを演じて見せているのを茶化さず受け入れてやっているようなものだ、と思う。萌果と佳奈が別々の人間だと認識していたら、同じことを言ったのだろうか。今ここに生きているから本物とは、死人に口なしだと暗に言ってるようなものではないのか。……いや、それはさすがに考えすぎなのか。

(この世は生きてる人間のものであって、だからこそ殺しの罪が重いのか――)

内心でこぼす問いに答えはなく、いつも誰にも肯定されず否定されない。

(結局あたしは、誰なんだ)

そう考えながらふと、何か黒い影が差したような気がして、慌てて首を捻る。

――いま、何かが覗きこんできたような。

しかしやはり、部屋には誰もいないのである。

2

一夜明けても煩悶《はんもん》は絶えない。

解離性同一性障害ではないかという指摘は、ことのほか重く残って佳奈を悩ませた。なにしろ明確な根拠あっての話であり、今までのように漠然と疑われているのとは状況が異なる。自己が何者か、そんなことを改まって問われると、天地が引っ繰り返ったかのような心許ない気分になってしまうのだった。

そうでなくともこの実吉野学園に――とりわけカラタチ寮に来てから、佳奈の調子は狂いっぱなしだ。

ここでは常に誰もが「あなたの考えを尊重する」などという言葉を吐くが、どうにも疑わしく感じてしまう。他人が自分に何をさせようとしているか、発言の真意をいちいち問わずにはいられなかった。

『どうして自分で考えさせようとするのか？』という問いに対し、

「押しつけられた言葉や信条が自分の宝物になるかな？　……と、僕は思うよ」

丈治は目尻を垂れさせながら言った。

「そうねえ……自分の人生の責任を取るのは自分だけだから、かしら」

芳恵は何かを思い起こしている調子で言った。

「視野が広がって一歩前進という感じですね。でもやっぱり羽山さんは人の要求を知ろうとしすぎのような気もしますけど……」

齋藤は興味深そうに瞬きながら言った。

三者三様の答え――一名は質問の感想を述べただけだが――を聞いてみて、そこに作意がないことはひとまず理解できた。裏がないことを知って初めて、佳奈はようやく自分の今後について考えてみようという気になったのだった。

「羽山さんが他人の意図や真意に敏感なのは、言葉や態度の裏の悪意に対抗しようとする心理があるからでしょうか？　――そうやって相手の意を測って先手を打つことが羽山さんの防衛反応だとして、それが敏感なのは、敵が多く常に身を守らなければならない環境にあったということ……だからこそ思考の癖として、自分の行動の前に相手の要求や真意への理解が必要になると。重要な処世術として、生存戦略として身に着けざるを得なかった能力というわけですね」

人の質問には答えないくせ、独自の視点で他人を分析する齋藤の考察には、興味深い一面もある。正誤はさておき、自分でも気づいていないことを指摘されるのは有益な気がした。

もっと自分を知ることが必要なのかもしれない、と思う。今まであまりにも行き当たりばったりで生きてきた。深く考えず行動し、その結果がこのザマなのだ。少しは思慮深さを手に入れ、自分はどんな人間なのか、何を好み何を求めているのか、深く知ろうとしてみてもいいのではないか。

そうした結論のもと、佳奈は丈治と芳恵に対して一旦の答えを出した。

『あたしはしばらくここで過ごしてみたい』

単純に集団生活が煩わしいという理由もある。子どもたちの中に投じられ、子どもとして過ごすのは苦痛でしかない。それが一時の我慢で済むようなものであれば耐えられるが、長くその状態を維持しなければならないのは精神的な負担も重くなる。

佳奈が自分のことを話したのは齋藤のみであり、寮長と寮母にその情報が共有されているかどうかまでは把握していない。どちらにしろふたりはずっと佳奈を『萌果』として接し続けており、その割に子どもらしくないことなどを咎めたこともないので、特別寮は暮らしやすい場所だと言えた。

楽な場所に留まりたいと願うことは一種の我が儘だと取られることが多い。裏にある理由や事情などにはお構いなしだ。できるだけ多くの人生経験を積み、荒事に揉まれ、壁をひとつひとつ乗り越えていくべきだとほとんどの指導者は言う。

丈治は佳奈の示した意思をどう受け取ったのか、それは分からないが、疑問を投げることもなく鷹揚に頷いた。

「じゃあ、羽山さんはこの寮で何をしたい？」

『自分のことをもっと分かりたい』

「具体的には？」

鉛筆を握ってしばらく考え、それから返答を書く。

『自分がしたこととか自分に起きてること　それが何なのかどうしてなのかを知りたい』

ふむ、と丈治は考える素振りをして、芳恵の顔を見た。芳恵は拘りなく頷く。

「自分を見つめ直すのね。立派な目標だわ」

佳奈は思わず少しだけ眉を顰めた。

肯定された途端、本当にこれで良いのだろうかと不安になる性格だ。ことにこの芳恵の言動には、どうしてだか、いちいち不審を抱いてしまう。それを知ってか知らずか、芳恵は口角の上がった——いつも笑っているかのような顔で佳奈を見る。

「実はね、羽山さん。寮に来たとき、多くの子たちが『変わりたい』って言うんだよ。今までとは違う、真っ当な自分になりたいって。学園に来るまでにいろんな不自由なことがあって、そんな自分に嫌気が差してる子が多いんだろうね。……もしくは、変わらなければならないと周りの人たちに言われ続けてきたのかもしれないけれど」

丈治は一度言葉を切って、傍らに置いていた白湯《さゆ》を一口飲み、それから続けた。

「前向きでやる気があるなあと思うけど、強い自己否定感情があるようにも取れる。なんにしろ、今の自分がどんなふうなのかを知らないことには変わりようもないしね。だから自分のことを知るということは本当に大事な初歩だと思う。良い決断をしたね」

真っ向から褒められて、据わりが悪い気分で眼を泳がせる。肯定されることに対する居心地の悪さは拭えないが、ひとまず佳奈は頷いてみせた。

「そういうことなら……まず自分の過去を思い返してみるのはどうだろう」

『過去？』

「最初は自分史みたいな年表でもいいから、いつどんなことがあったか、覚えてる限りの記憶を掘り起こしてノートに書いてみるんだ。できるだけ詳しくね。そしてそれができたら、もっと詳しく、その出来事に対して自分がどう感じていたかを書き足してみる。……どうかな？　羽山さん」

佳奈は曖昧に頷く。どうかと訊かれても提案の善し悪しはあまり判断できなかった。

「急ぐことでもないし、慌てて一気に片づけようとしないで、じっくり取り組むのがいいだろうね。たとえばこういうふうに、まずノートの一ページ目に年表を書く」

大学ノートを開いて示しながら丈治が言う。

「思い出せる限りの出来事を書くんだ。あとで思い出すことがあったら追加してもいい。で、ひととおりの年表が出来上がったら……」

ページをめくり、丈治が二ページ目の見出し欄を指さした。

「ここに年表の出来事を書く。ひとつの出来事につき一ページで、見出しだけ全部書いてしまう。それが全部終わったら、思い出しやすい出来事から、詳細を埋めていく」

見出し欄の下を縦になぞって丈治が言う。

「とりあえず一ページ。数行で終わらせるんじゃなくて、なるべくすべての行を埋めるつもりで書いたほうがいい。でもどうしても思いつかなかったら、後日思いついたときに埋めるのでもいいと思う」

『ページに収まらなかったら？』

「その場合でも、一旦はそこで終了する。年表の出来事がすべて埋まったら、次のページから追加で思い出した出来事を書いたり、書き切れなかった分の続きを書く」

でも、と丈治の隣でノートを覗き込んでいた芳恵が口を挟む。

「それだと時系列順に並んでなくて、読み返すときに不便じゃない？」

「うーん、確かに……」

「分かった。ノートを変えればいいのよ」

芳恵は言うと、大学ノートではなくルーズリーフの用紙とバインダーを持ってきた。

「これなら簡単に並び替えできるからいいでしょ」

「ああ、こっちのほうがいいね」丈治は納得した様子で頷き、「できそうかな？」と再び訊ねてきた。

佳奈はふたりとルーズリーフを見比べて考える。

——自分の過去。

思い出すのも厭な出来事に溢れていて、目を逸らし続けていたものだ。そこに向き合うのは苦痛に違いない。

『書き終わったら見せなきゃダメか？』

丈治は首を横に振る。

「羽山さん自身が自分を知るためにやることだから、ノートを僕たちに見せる必要はないよ。……でもそうだね、誰かに話して聞いてもらう段階を設けたほうがいいかもしれないな。強制はしないけど」

「その段階は早すぎるんじゃない？　気持ちの整理をつけてからじゃないと、誰かに話そうとは思わないでしょ？」

「——まあそうだね。羽山さんも人に見せるものだと思って書いたらきちんと書けないかもしれないし、それは自分用で大丈夫だよ。ただ、どのくらい書けてるか、うまくいってるか、途中経過は教えてほしいかな」

『分かった』

答えて、佳奈は椅子から降りる。

自分のやるべきことが明らかになって、少し気持ちが楽になった。過去の記憶を遡るのはあまり気が進まないが、自己分析に必要なことだと割り切るしかない。

そう思いながら部屋に戻ろうとして、ふと足を止める。

振り返るとふたりはまだテーブルで何かをああだこうだと話し合っていた。

真剣な表情で何かを話しつつ、ふと、笑みを交えて仲睦《なかむつ》まじげにする。

佳奈はその様子をしばらく見守って、それから部屋へと入った。

3

訣別《けつべつ》していた過去を見つめることは容易な作業ではない。

ルーズリーフの用紙にひとまず一行、自分の生まれた日付を書き記して、佳奈の手はさっそく止まってしまった。

大雑把《おおざっぱ》に分けるとするなら、誕生、就職、出産、現在、というふうになるだろう。しかしその間にあるはずの細かな出来事こそが自己分析の本命のはずだ。

自分の最古の記憶をどうにか辿ってみる。ごく幼い子どもの頃の記憶だ。簡単に浮かぶのは、酔った母親が酒瓶《さかびん》を壁に叩きつける場面だった。

(確か、小学校に上がったくらいの頃だ……)

視線は用紙に落とし、意識はひたすら頭の内側へと向ける。


——六歳か七歳か、そのくらいの頃、父親の姿は既に跡形もなかった。母親は水商売で生計を立てていて、ほとんど家を空けていたが、家にいるときは一升瓶《いっしょうびん》を何本も空けていた。酒癖《さけぐせ》が非常に悪く、酔うと愚痴を果てしなく喋り続ける女だが、機嫌を損ねると酒瓶が飛んでくる。破片は気が向いたときに片づけられるが、多くは床に放置されたまま。

危険な家だった。

悪いのは酒癖だけではない。母は職場から頻繁に男を持ち帰ってきた。

幼い佳奈にしてみれば何が何だか分かったものではない。寝こんでいるとにわかに部屋が騒々しくなり、寝室に男女が雪崩《なだ》れこんできて、隣の布団でおっぱじめるのだった。

最初にその光景を目にしたとき、佳奈は混乱して飛び起きた。母が男に襲われ殺されかけているのだと思ったのである。

相手の男に泣きながら「やめて」と懇願《こんがん》すると、男は下卑た笑いで揶揄《やゆ》し、母は佳奈を心底莫迦にした調子でせせら笑った。そのときに何を言われたのだったか、これはどう努力しても思い出すことができない。音は佳奈の耳から入って脳を蹂躙し、何事もなかったかのように通り抜けて去っていった。その踏みにじられた記憶だけが強く残っている。

母が連れこむ男の顔ぶれはころころと変わり、佳奈が起きていると分かれば加わるように言う男もいた。母は反対して止めたが、それが決して佳奈のためでないことは、母親の嫉妬と憎悪に歪んだ顔から容易に読み取れた。

そうした面倒事を避けるため、佳奈はとっくに目が冴えてしまっていても、布団の中で丸くなって眠っているふりをするしかなかった。目を瞑り、醜悪な音の暴力から耳を塞ぎ、早く終われ早く終われと心の中でただただ唱え続けるのだ。

母が苦しげな呻き声をこぼすと、どうした、と反射的に様子を窺いたくなりもするが、結局は余計なお節介《せっかい》というものだ。これは当人同士が望んでしていることなのだと言い聞かせて、無関心を貫くほかにない。

翌朝眠い目を擦りながら起床し、母と男が見るに堪えない格好で呑気《のんき》に寝こけているのを後目《しりめ》に、佳奈は学校の支度をする。

「学校なんて無理して行かなくていいのにねえ」

母は目の下に剝げたマスカラをこびりつかせた顔でしばしばそう言った。

「勉強熱心でいいじゃねえか。ほれ嬢ちゃん、おじさんがお小遣いをあげようか」

「いらない」

「莫迦！　くれるって言ってんだからもらっときゃいいの。助かるわあ、悟《さとる》さん」

「真砂子《まさこ》の娘は俺の娘みてえなもんよ」

無理に握らされたヨレヨレのお札は果たして、後できっちりと母に回収されるのである。

「大人はクソだ」

佳奈はそう思っていたが、子どもも等しくそうだった。

学校に行けば、佳奈はいろんな誹《そし》りを受ける。淫売《いんばい》の娘、貧乏人、菌が移るから近寄るな、お母さんにあの子と関わっちゃ駄目って言われた……。そういう定番の悪口がいくつも降りかかってくる上、教師もこれを黙殺し、時に荷担する。

そんな環境でも家にいるよりはいくらかマシだった。

母が家に連れてくる男は悉《ことごと》くろくでもない。気の強い母の性格とは合わず、衝突して大喧嘩になることが多々あった。物が飛び交い、何かが壊れ、荒んだ家がさらに荒む。喧嘩の場に居合わせてしまうと、とばっちりの暴力を食らうこともある。目につくところにいてはいけないし、喧嘩から気を逸らすような目立つ行動をしてもいけない。弱い者が生《い》け贄《にえ》や捌《は》け口《ぐち》にされるのは至極当たり前のことだった。

悲しい、悔しい、そんなやわな感情で苦しんでいた時期もある。それは今の佳奈からすれば唾棄《だき》すべきことだ。涙でも見せようものならいじめっ子は喜んで増長したし、母は不機嫌であれば怒鳴り散らして余計に佳奈を殴り、上機嫌であれば嘲笑して罵倒の雨を降らせた。

ひとつの転機が訪れたのは小学校の四年生ごろ、いじめっ子に反撃して屈服させたときだった。床に尻餅をついた毬栗坊主《いがぐりぼうず》がすきっ歯の口を大きく開けながら泣く姿を見下ろし、佳奈は勝ち誇って高揚《こうよう》に包まれていた。

職員室に呼び出されて謝罪を要求されたが、佳奈は頑として頭を下げなかった。母も呼び出されたはずだが姿を現すことはなく、先にいじめていたのはそっちのほうだとかなんとか、うやむやなうちにその場は終わったのである。

「こっちは忙しいってのにしょうもないことで呼びつけてくれてさあ。莫っ迦みたい」

帰宅すると、母は化粧をしながらぶつくさと佳奈にぼやいた。

「子どもの喧嘩に親が出てくなんて、ったく、阿呆《あほ》くっさ。子どもが叩かれた、どうしてくれる、謝ってくださぁい、なんて莫迦らしいことよく素面《しらふ》で言えたよな。どうなってんだ、莫迦しかいねーよ今の時代。あんたもそう思うだろ?」

ランドセルを下ろしながら、佳奈は困惑した。てっきり、迷惑を掛けるな、というお叱りが飛んでくるとばかり思っていたのだ。

「叩いたからなんだっての。叩かれるようなことすんのが悪いんだろ。なあ？　ビービー泣いて親に言いつけた時点でそいつの負けだよ。グズの子は親もグズ、甘やかして腐ってやがる。てめえのケツも拭《ふ》けねーような奴に屈する先公もグズ。だろ？」

話を聞いているうち、母が文句を言っているのは相手の保護者や教師であり、佳奈を咎めているのではないと分かった。寧ろ母は佳奈の『強さ』を肯定しているふうだった。

――弱いのが悪かったんだ。

それは、大きな気づきだった。

――誰にも負けないように強くなればいい。お母さんも、あたしにそう望んでるんだ。強くなったら褒めてくれる。お母さんも認めてくれる。勝ち続ければいい。そうすれば。

そうすれば……。

（おい、冗談だろ）

佳奈は思わず鉛筆を放り投げ、ルーズリーフの用紙を鷲摑《わしづか》みにした。両手で力いっぱい丸め、ぐしゃぐしゃにして天を仰ぐ。

（あんなクソババアに褒められたかったのか？　あたしは？）

常に何かに勝っていなければならない、という強迫観念は少しずつ自覚していた。他人に言い負かされたり、莫迦にされたり、他人よりも劣《おと》っているということがあってはならないと。いち早く相手の弱みを知り、先手で攻撃して牽制《けんせい》しなければならないと無意識のうちに感じているのは、齋藤が『防衛反応』の話をしたとき腑に落ちたことだった。

その理由が自分の育った環境にあるのは間違いないだろう。周囲には敵しかいなかったのだから。――ここまでは分かる。

しかし、自分の生き方を決定づけ肯定するようなきっかけとなったのが、母親に非難さ、れ、な、か、っ、た、か、ら、とは、容易に呑みこめる話ではない。

母である真砂子は佳奈を一応家に住まわせてはいたが、自分の代わりに家事をさせ金を稼がせる奴隷として扱っていた。暴力は多岐に亘り、殴る蹴るのほか刃物を向けられて恐喝されたり、家を閉め出されたり、煙草の火を押しつけられたり、様々なことをされたものだ。暴力を振るわないときには婉曲《えんきょく》な厭味や率直な罵倒を延々と繰り返し、また愚痴やぼやきの形を借りて己の性的魅力を誇示する下世話な性交談もよく聞かせた。

この世で一番憎んでいる相手は誰かと問われれば、迷わず真砂子と答えるだろう。佳奈の知る限り最低な人間だった。

そんな母親に――佳奈を褒めもしない相手に――非難されなかった、その事実を暗に肯定されたと受け取って、自分の方針を固めるきっかけとしたのであれば。結局、母親という存在に対する強い依存心と承認欲求があり、それを今もなお引きずっているということだ。

(気分が悪い……)

頭が重いような、喉が閊《つか》えるような、空気が薄いような、なんともいえない不調に顔を顰める。

――小学四年生のあのとき、少なくとも佳奈は真砂子に対して憎悪と呼べるほどのものを持たなかった。それがはっきりとした形になったのは恐らく、あれがきっかけだろう。

日替わりに通り過ぎていく男たちの中、我が物顔で頻繁に家を出入りするのが悟だった。この悟は見るからに堅気ではなく、胡散臭い柄シャツの下に和彫りを隠した眉のない男だ。

悟はなぜだか家に居座り、佳奈に対しても父親のように振る舞おうとした。とはいっても、小金を握らせたり小物を貰い与えたりする程度で、保護者の立場になろうというのではない。そのくせ佳奈にあれこれと口を出し説教もするという鬱陶しい存在だった。

「佳奈、お前だいぶ乳が育ってきたなあ」

「本当にねえ。グズのくせに体だけ一丁前に成長して、生意気なこと」

侮辱《ぶじょく》してくる同級生がいればすべて黙らせてきた佳奈だったが、この大人たちに対しては無視を徹底していた。どうせ腕力では敵わず、余計な怪我をするだけだからだ。

「いま六年生だったか？　来年は中学だな」

「義務教育ってのは面倒だわ。金が掛かってしょうがない」

「べつに、佳奈の教育費くらい俺が出してやってもいいんだぜ」

「へえ。下っ端《したっぱ》のあんたがずいぶんでかい口叩くじゃない」

「なんてことねえよ。佳奈がもう少し育ったらこっちに回してもらえんだろ？　その先行投資みたいなもんだ」

無視しようとしても、同じ部屋の中にいれば会話は否応《いやおう》なしに聞こえてくる。それが佳奈に関する不穏な会話であれば尚更、完全に聞き流すことなどできはしない。

「ま、働いて返してもらわなきゃなんないのは確かね。こいつはとんだ金食い虫だから。でもあんたのとこにやるとは決めてないよ」

「真砂子」

「あんたの組はどうも商売が阿漕《あこぎ》でケチくさい。条件次第じゃほかを当たるかもねえ」

「取り分三割がそんなに気に入らねえってか？」

「当たり前。良いとこ七割だろ。誰が高い金払ってこいつを育ててると思ってんの。あたしよ。あ・た・し」

そのとき佳奈の頭に浮かんだのが畜産のイメージだ。家畜として育てられた牛や豚が出荷されていく姿。ちょうど社会科の授業でそういうビデオを見たばかりだ。

「七割は常識的じゃねえな。第一、そんなに稼げると思ってんのか？」

「何と言っても若さがあるし？　それに器量もまあ、あたしに似て悪くない」

「ずいぶんな自信だがそれだけじゃあ通用しねえ。仕込みが必要だ」

「ふうん。初々しさが必要なんじゃないんだ」

「演技でどうとでもなる。慣れさせせんのは早けりゃ早いほうがいい」

「あっそ、好きにすれば。……値が下がるようなことしたら許さないよ」

「そりゃお前、根性焼きの痕よりひでえもんはねえぞ」

合意を得たと言わんばかりの調子で悟が立ち上がり、佳奈の腕を摑んだ。

「何すんだよ！」

「将来の就職のための大事なお勉強さ。おじさんが特別に教えてやるよ」

いつごろからか悟は値踏みするような目で佳奈を見るようになっていたが、このときは普段に輪を掛けて厭な目つきをしていた。気味の悪さに佳奈が歯を食い縛れば、真砂子は煙草をふかしながら呆れた声で言った。

「初物が食いたいだけだろ。こんなガキに発情するとは物好きもいたもんだ」

「いつも枯れたババアの相手してたら若い娘ってだけで魅力的なんだよ」

「ばあか。あんたのほうがジジイだろ」

徹頭徹尾、真砂子は佳奈に関心を払わない。いつも佳奈を通り越していくらかの金を見ている。それだけが確かだった。

寝室に引きずられながら、佳奈は手足をがむしゃらに振って足掻いた。その抵抗はあまりにも微弱だった。暴れる佳奈を押さえることなど悟には造作もないことだ。投げ捨てるようにして布団の上に転がされ、覆い被さられてようやく、佳奈は気づいた。悟がいつも母とすることを佳奈に対して望んでいることに。——それを母が許可したということも。


胃液が突如こみ上げてきて、佳奈は口許を押さえた。

部屋を飛び出し一目散に洗面台へ向かい、胃の中身をひっくり返すように吐き出す。

厭な音を立てる喉に、話せなくてもこういう音は出るんだ、と自嘲気味に思いながら、佳奈は肩で息をした。饐《す》えた臭《にお》いに顔を顰めて水を流していると、芳恵が駆けてくる。

「萌果ちゃん、どうしたの？　具合でも悪いの？」

――ああそうだ、あたしはいま萌果なんだった。

思いながら口をゆすぐ。狼狽《うろた》える芳恵のあとに丈治がやってきて、同じように気遣《きづか》わしげな声をかけてきた。

大丈夫、と答える代わりに手を挙げる。ここには筆記具がないから正確な意思は伝えられない。それが少しだけもどかしい。

「食中毒かもしれない。宿直医に連絡を」

そう言う丈治に首を振ったが、芳恵がすぐ電話をかけに行ってしまった。

追いかけて止めるのはどうも億劫《おっくう》で、仕方ない、と思いながらもう一度口をゆすぐ。

「大丈夫かい？」

背中を軽くさすられて、思わず振り返った。丈治を見れば、気分を害したと思ったのか、すぐにさするのをやめて心配そうな視線だけを寄越してくる。

気を遣っているのだ、と即座にぴんときた。思えばここにきて、担当はほとんどが女の職員だった。男の職員は距離を保ち、不用意に近づかず、接触などは以《もっ》ての外《ほか》。寮長である丈治でさえもそうだった。

それはひとえに前の施設で起きたことを知っているからに違いない。男に対して恐怖心を持っていても無理はないと、気遣われていた結果なのだ。

（なるほどね……）

洗面台の鏡に映る、血の気をなくした顔の子ども。淀《よど》んだ恨みがましい目で見据えてくるその子どもの顔は見れば見るほど佳奈の幼い頃にそっくりだ。

怖いくらい似ているその顔へ鏡越しに触れようとして、鏡の端に走り去る小さな影を見た。

佳奈は慌てて振り返る。

そこにはいつも誰もいないが、何かの姿と実体のなさを確認するたび、肝《きも》が冷えて仕方ない。

（幻覚か？　それとも亡霊か？）

答えはなく、何度経験しても慣れない寒さだけが佳奈を包むのだ。

4

「それは大変でしたね」

あまり大変だと思ってなさそうな声音で言う齋藤に、佳奈は胡乱な目つきを返した。

——時々、齋藤はサイコパスなのではないかと思うことがある。

「でも、健康診断の良い機会だったかもしれません。体調不良がないのは何よりです」

『体調は良くねえけど』

「精神的なものですか？」

『そう言われた』

ふう、と息を吐くと、齋藤は記録をしながら言う。

「寮長先生から聞きましたよ。自分を知るための取り組みをしてるそうですね。自分史のノートを作っているとか」

目を上げた齋藤に頷くと、再びペンを走らせながら口を開く。

「いきなりハードなところから掘り返したんじゃないですか？」

佳奈は返事を書く代わりに視線を逸らした。

「何の準備もなく自分の中のトラウマと急に向き合ったら、気分のひとつやふたつ、悪くなるのは当然です」

『決めつけるような言い方すんな』

「でもそうでしょ？」

『なんであたしにトラウマがあるなんて分かるんだよ』

「……ないわけないでしょう」

呆れの滲んだ声で齋藤が言い、佳奈はむっと唇をとがらせる。

『何でも分かってるみたいな言い方されんのマジムカつくんだけど』

「もちろん何でもは分かりませんよ。今の時代、普通の人でも多かれ少なかれトラウマ的なものがあるもんです。羽山さんなら尚更でしょう」

『なんかヤな言い方するよな』

「怒らない、怒らない」齋藤はへらっと笑い、「――とにかく、そういう繊細な作業に焦りは禁物ですよ。いっぺんにやろうとすると最悪寝込んじゃいますからね」と警告した。

『そんなに危険なわけ』

「ほら、例えるなら、全身に埋めこまれた銃弾を麻酔なしで一気に摘出しようとするのと一緒じゃないですか？」

『例えがよくわかんねーよ』

「掘るっていうのは穴を開けることですからね。埋まってるのが爆弾なら尚更、扱いを間違えたら大怪我しますし」

『じゃあどうしろっての』

ふてくされながら訊ねると、齋藤は頷いた。

「気分が悪くなるのは仕方ありません。それはもうそういうものだと思って受け入れたほうが楽じゃないかと思います。不調を感じたら深呼吸して別のことを考えるか、無心になって休んだほうがいいでしょう。過去のその瞬間にフォーカスしている自分の心を現在に戻して、今の自分に意識を戻すんです。ゲシュタルト療法をご存知ですか？」

知ってるわけないだろ、という顔で首を横に振る。

「ゲシュタルト療法は〈今、ここ〉に着目した心理療法のひとつです。過去の体験を語る際に、何をしたか、なぜそうしたか、を脇に置いて、自分が〈何〉を〈どのように〉話しているかを気づき体験するというものです。そもそもゲシュタルトには〈図〉と〈地〉というものがありまして……」

『ストップ』

蘊蓄《うんちく》が垂れ流されそうな気配に、佳奈はすかさず制止の言葉を掲げた。——筆談の効率を上げるため、簡単な単語を書いた紙は取っておいて使い回すことがある。中でもこの、心理学トークが過熱しそうな齋藤を止めるための言葉は汎用性《はんよう》が高い。

『そういう成り立ちとかはいい　必要なら本を読む』

「そうですか……」

齋藤があからさまに肩を落としながらしょんぼりとした声を出した。

「……でも、そうやって必要であれば自ら本を読んで学ぼうという姿勢は良いですね。いつでも言ってください、秘蔵の専門書をお貸しします」

『小難しいのはヤダ』

「面白いですよ？　専門書」

ぶんぶんと首を横に振ってみせる。一ページ目で挫折《ざせつ》するのが目に見えていた。

そうですか、と言いながらも、齋藤は未練のある様子でまだ何か小さく呟いている。説明を遮られたのがよっぽど不満だったようだ。

佳奈は自分の口角が上がっていることに気づき、その瞬間にどこからともなく視線を感じた。

——誰かが、じいっと、佳奈を見ている。

「……羽山さん？」

慌てて辺りを見まわす佳奈に、齋藤が怪訝そうに声をかけてきた。

誰もいない。この場所にいるのは佳奈と齋藤だけだ。

齋藤の視線ではありえなかった。明確に別の場所から見られていたような感覚がした。

それでもやはり、姿はない。

『なんでもない』

ノートにそう書いて、佳奈はいつもの不機嫌な顔を作る。

齋藤はしばらくノートと佳奈とを見比べていたが、それ以上何かを言うことはなかった。


ことさら急ぐなとは言われたが、自由時間に取り組むべき娯楽もほとんどないもので、自然と机へ向かう形になる。

(初めて殺意を覚えたのがあの男、それから母親《クソババア》だった……)

奴隷もしくは労働力、そうでなければただのお荷物という扱いを理解し、家からの脱出を本気で考えるようになったのが中学の頃だ。

「卒業したら働いてもらうから」

真砂子は佳奈にしつこく言って聞かせた。

「就職先はあたしが口利きしてあげるから、心配はいらないわよ」

もちろん仕事は夜職で、恐らくは風俗店だろう。佳奈が中学生になってから悟の訪問は絶えたが、真砂子の職業柄、裏社会との繋がりがなくなったわけではない。いつか悟と話していたように、裏モノのDVDに出演させられる破目になるかもしれない。

誰がそんな運命を唯々諾々と受け入れるものか。

どうすれば家を脱出できるか、日々それだけを考えて過ごしていた。自分で金を稼ぎ、住む場所を見つけ、親から逃れるためには何が必要か。

「佳奈も大変そうだな。じゃあウチに来いよ」

そう言ったのは三つ上の高校生である大介《だいすけ》だ。

気づけば不良グループに属していた佳奈は学校に行かず悪友たちとつるむことが多かった。集団で街をうろつき、屯《たむろ》し、資金はオヤジ狩りや盗みで賄う。

犯罪だ、良くないことだと説教されても、結局のところ選択肢がないのだ。所詮綺麗事《きれいごと》では生きていけない。自分たちに何もないから、多く持っている人から拝借しているだけにすぎなかった。――少なくとも、当人たちの意識では。

「家には帰りたくないんだろ。ウチに住めばいいじゃん」

「えー？　でもそっちの親はどうなの」

「大丈夫だって。俺が何しててもあいつら一言も言ってこねえから」

「でもさ、もしウチの親が怒鳴りこんできたら……」

「そんときは俺が追い返してやるよ。だから心配すんなって」

本当に大丈夫なのかよ、と半信半疑ながらも、大介が熱心に誘うので佳奈は頷いた。

真砂子の帰りが遅いおかげで夜遊びは余裕だったが、さすがに帰宅しないのはまずいんじゃないか。不安を覚える佳奈を余所に、大介は遠慮なく関係を迫った。

「ウチに置いといてやるんだから代価は必要だよな」

下心のある提案だとは分かりきったことで、とくべつ落胆することもない。寧ろそれだけで隠れ家を手に入れられるのなら安いものだと思うくらいだった。

果たして、怒鳴りこみなどはなく、佳奈は初めて他人の家で一夜を過ごした。こうして佳奈は男友達の家を渡り歩く術《すべ》を手に入れたのである。

そんなことを続けて数週間経ち、気まぐれに登校したある日のこと。佳奈は血相を変えた担任に呼び出された。何を咎められるのかと思ったがそうではなく、告げられたのは真砂子の訃報《ふほう》だった。

聞くところによると、真砂子は仕事帰りに拾ったタクシーの中で事故に遭ったそうだ。運転手は軽傷で済んだものの、後部座席に座っていた真砂子は車から数メートルほど投げ出されて数日間死の淵《ふち》を彷徨っていた。そして先日ついに息を引き取ったという話だった。

「死んだんだ。あの女」担任の顔を見ながら佳奈は言った。「いい気味だね」

――しかし、言葉とは裏腹に消化不良の何かが燻っているのを感じていた。

真砂子が死んだのなら、もう佳奈に恐れるものはない。セックスを代償に男友達の家を転々とする必要もなければ、どうやって家から脱出するか画策する必要もなくなる。

あたしはもう自由なんだ。

そう思ったが、何かがすっきりしなかった。

脱ぎ散らかされた服、食べ散らかされた食器、転がる酒瓶、何かの書類、ゴミ袋の山。数週間ぶりの家はあまりにいつも通りだった。夜になれば今にも真砂子が帰ってきそうで、小さな物音ひとつに佳奈は身を竦めた。

自分の知らないうちに事故に遭い、知らないうちに危篤《きとく》状態になり、そして知らないうちに死んだ。真砂子は佳奈に苦しむ顔を見せることもなく、忽然《こつぜん》とこの世から消え去ったのである。目にもしなかった死を実感するのはあまりに難しい。

しかしこうなった原因は佳奈にある。佳奈が家を出てふらふらしていたからだ。こんなに早く解放されると分かっていたなら、もう少し我慢して家にいても良かった。そうすれば事故の連絡はまっすぐ佳奈に届いて、真砂子の危篤にも間に合ったはず。

（あのババアに引導《いんどう》を渡してやるチャンスだったのに）

佳奈は恨みのぶつけどころを永遠になくしてしまったのだ。

親を亡くした佳奈は年金暮らしの祖母のもとへ引き取られた。この祖母は佳奈をあからさまに厄介者扱いしたが、世間体のため追い出すことはせず、渋々世話をするという案配だった。そのためなのか、佳奈が家に帰らずふらふらしていても何ひとつ文句を言うことはなかった。

高校に進学するつもりはなかったが、孫が中卒じゃご近所に顔向けできない、といったことを言われたので仕方なく受験した。名前が書けて、簡単な計算ができれば受かるような高校だ。高校生活について特筆するようなことはない。ぼんやりと日々を過ごし、卒業して就職した。――スナックだった。その頃には祖母の寿命も尽き、佳奈は孤独だが自由な立場になっていた。

のらりくらりとその場その場の欲望を満たしながら生き、クラブでナンパしてきた男と火遊びをして、できたのが萌果だった。元々生理不順で周期がまちまちだったことが災《わざわ》いし、妊娠に気づいたときには既に中絶が厳しい状態だった。父親である男と連絡を取ろうにも、心当たりが多すぎて誰だか分からなかった。

子どもなんか育てられない。そんなことは分かりきったことだ。堕《お》ろすしか選択肢はなかったはずなのに、それができないと言う。気づくのが少し遅かった、また知らないうちに事が進んで手遅れになったのだ。

「ガキなんて産みたくない……」

どうすれば流産できるのか、考えつくことは色々と試した。酒や煙草、不摂生な生活、腹を殴るなどの物理的な方法も試したが、どれひとつうまくいかなかった。

皮肉なことだ。子どもの誕生を望み、健康な生活を送るよう心がけている妊婦が流産で噎《むせ》び泣く。片や子どもの誕生を拒否し、不健康な生活を意識している佳奈の経過は順調なのだと言う。医者は佳奈の喫煙や飲酒に関して苦言を呈するが、産むつもりがない佳奈にとっては興味のない話で、当然右から左に流していた。

——莫迦だな。生まれたって不幸になるのは目に見えてるのに、なんだってそんなにしぶとく生きようとするんだ。

膨らむ腹を見下ろし、佳奈は心底呆れながらそう思っていた。生まれさえしなければ、この世の労苦も地獄も味わうことがないというのに、どうしてわざわざ生まれ落ちようとするのかと考えずにいられなかった。

そんな佳奈を一番気遣っていたのはスナックのママである雪乃《ゆきの》だった。激しい仕事はしなくていいからね、座っててていいからね、といつも言って、産休を取るようにも勧めた。

佳奈はもちろんギリギリまで働くつもりで、あわよくば激務のうちに流産してしまわないかと思っていたが、雪乃はそれを許さなかった。

良い人だったのだと思う。佳奈に母親としての知恵を授けようとしたり、産婦人科へ――強制的に――連れていったり、何くれとなく世話を焼いた。生活に介入されるのは不快だったが、自分のプライベートを削ってでも親身に佳奈と胎児のことを気遣う雪乃のお節介に絆《ほだ》され、産んでもいいかと思うようになった。

雪乃はバツイチで独身だったが何より子どもがほしかったのだという。事あるごとに羨《うらや》ましいだの何だのと口にして、自分が子どもを育てるならこうするああすると語って聞かせてきた。それに留まらず、雪乃は誰よりも胎児の誕生を心待ちにしているようだった。

「可愛い子が産まれてくるでしょうね。だって佳奈ちゃん、美人だもの」

「やめろよ、そういう社交辞令は」

「あら。本当のことよ?」

「娘なんてほとんど父親似らしいって言うけどな」

「ああ、そういう話は多いわよね」

絶対可愛いわよ、と言って譲らない雪乃の羨望《せんぼう》の眼差しは、ひたすらに胎児へと注がれていた。お宮参りは……お食い初《くぞ》めは……とひどく具体的な話を聞くにつれ、そこまでしっかりと計画できるのならば、子どもは雪乃に引き渡せば良いのではないかと思った。

どうせ自分ではまともな育児などできないのだ。そのほうがお互いのためにもなる、と妙案を思いついた気でいたのである。

それを言えば雪乃はいたく喜んだ。本当にいいの、と何度も念を押し、声を弾ませて嬉しそうに快諾した。佳奈はその雪乃の様子を見て、いいことをした、と思った。

「あたしね、この子の名前考えたのよ。『もか』ちゃんってどうかしら」

「どんな字?」

「萌黄《もえぎ》の萌《も》えに果実の果、よ」

「へえ。いいんじゃない」

臨月を迎える頃にはすっかり雪乃に預けるつもりで、佳奈は気楽に考えていた。あと少しすればこの不自由な体ともお別れで、諸問題を綺麗に片づけられるとばかり思っていたのだ。

ところがいざ産んでみると、雪乃の態度は急変した。せっかく母乳が出るんだからしばらくは〈お母さん〉がお世話してあげなきゃね、などと尤もらしいことを言い、すっかり余所余所《よそよそ》しくなってしまったのだ。事前の口約束では産まれたらすぐに引き渡し、雪乃が親として出生届を出す手筈《てはず》だった。

これでは話が違うと思いながらも、佳奈はまだ口約束を信じていた。とりあえず萌果が離乳食を食べ始める時期になれば、養子として引き取ってもらえるはずだと。そう考えて、世話をするしかなかった。

「実はね、彼が余所の子どもを引き取るのは厭だって言うの」

雪乃はある日、ぬけぬけとそう言った。佳奈にしてみれば雪乃に新しい男がいることすら初耳だった。

「おい、どういうことだよ！　話が違えじゃねえか」

「御免《ごめん》なさいね。でも、あたしもできるなら血の繋がってる子のほうがいいもの」

当時の雪乃は四十代である。子どもを願うのならば高齢出産のリスクがあったが、付き合っている彼が子どもを持つことに積極的で、養子は考え直すようにと説得されたとのことだった。それだけならまだしも、雪乃が養子を諦めたのは佳奈が出産する一週間前の話だったという。

「なんでもっと早く言わねえんだ！」

「それはほら、タイミングってものがあるでしょ……」

突然の裏切りに唖然《あぜん》とする佳奈に、雪乃は冷たかった。

「とにかくそういうことだから。子育て頑張ってね」

産む前まではあれほど佳奈に干渉していたくせ、今は男との時間が大切だから、佳奈にかかずらっている時間はないのだと言外に告げているかのようだった。

そうして佳奈は、萌果をひとりで育てなければならなくなり――。


佳奈は頬杖をついて、じっとルーズリーフを凝視する。

――もしあのとき、雪乃が萌果を引き取っていれば。

少なくとも、萌果は死なずに済んだ。佳奈自身も今とは違っていたはず。

もしくは妊娠にもっと早く気づいていれば中絶できたのだ。まだ人間としての意思がない小さな命を、殺人にもならない形で穏便に終わらせられた。

そもそもクラブで知り合った男たちと軽率な行為をしていなければ。

ターニングポイントはいくらでもあった。しかし今となっては、すべて起きてしまった過去の出来事であって、それを変えることは不可能だ。

（つーか、あたしが生まれてきたこと自体が大きな間違いだったんだよな）

佳奈はそう思いながら机に突っ伏す。

仮にどこかをやり直せたとしても、きっと似たようなことが起こるだろう。佳奈が佳奈である限り、根本的な軽率さも怠惰《たいだ》さも変えることはできない。絶対にどこかで何かを間違う。何か重要なことを、決定的に。

贖《あがな》うべき罪はそこにあるのではないか。どこかの時点で間違ったのではなく、最初からすべて間違っていたのではないか。

そう考えていてふと。

〔——やっと気づいたか〕

と、どこからか声がした。

誰だ、と辺りを見まわす。

姿はない。……当然だ。

今の声は佳奈の頭の中から聞こえてきた。

〔やっと気づいたかよ。お前の人生の無意味さに〕

嘲笑混じりの小莫迦にするようなそれは、久しく発していなかった自分の声をしている。

〔思い返してみて改めて分かっただろ？　くだらないよなあ、お前の生き方って〕

うるさい、と思考の中で反論する。追い出すように頭を振ってみたが、声はやまない。

〔何をしてきた？　何を残した？　誰かの役に立つこともなく、何の意味もなく、お前はただ暴力と怠惰の申し子として自業自得の生き方をしてきただけだなあ？〕

うるさい、ともう一度強く念じた。声は面白がっているような調子で増長する。

〔お前という存在のせいで可哀相な被害者も出ちまった。あいつだって、お前のせいで生まれて死んだんだぞ。防げる不幸だったんじゃないか？　お前さえいなければさ〕

両手で強く机を叩く。勢いでそのまま立ち上がると、椅子が大きな音を立てて背後に転がった。

「どうかしたの⁉」

物音を聞きつけて芳恵が駆けつけてくる。立ち尽くす佳奈と倒れた椅子を見て困惑した表情を浮かべ、それからゆっくりと近づいてきた。

体が小刻みに震えている。怯えにも似た目を芳恵に向ければ、彼女は緩慢《かんまん》な動作で椅子を起こして、佳奈の背中を労るように軽く叩いた。

「……気が向いたら談話室にいらっしゃい。ホットミルク入れてあげる」

それだけ言って部屋を出ていく芳恵を見送り、肩から力が抜ける。

余計なことをあれこれと詮索《せんさく》されないのがありがたかった。佳奈は俯き、深く深く溜息をつく。

不快な声はいつの間にかやんでいる。そのこと自体は安心したが、ついに幻聴まで聞こえるようになってしまった自分に大きな不安を覚えた。

5

「近頃、あんまり眠れてないの？」

佳奈の顔を見るなり心配そうに言ったのは芳恵だった。

「このところ調子も良くないわよね。何か無理してない？」

大丈夫、と答える代わりに首を横に振る。——ここに来てもう二月ほど経つが、未だ芳恵に対して身構えてしまう。どうしても苦手意識が拭えなかった。

まだ何か言いたそうにしている芳恵を丈治が呼び止める。その隙に、佳奈は逃げるようにその場を離れた。

芳恵が悪い人間でないのは重々分かっている。寧ろ、だからかもしれない。頼んでもいないのにお節介に世話を焼き、そのくせ掌を返した雪乃のことを思い出すのだろうか。それも分からない。

——決められた時間に起床し、食事を摂り、分教室に通い、いくつかの作業や家事の日課をこなして、決められた時間に眠る。〈枠のある生活〉を漠然としながら内省を進めていき、佳奈の内向的な傾向はますます顕著になっていった。

分教室には児童がいる。会話をすることもあるが、対等に親しくなることはきっとないだろう。佳奈が持つ違和感や拒絶の雰囲気は相手に伝わり、ぎこちない関係の一因になる。いつものパターンだ。佳奈がぶっきらぼうな態度を取ったり粗野な言葉を吐いたりしなくなったからといって、それで万事がうまくいくということはまったくありえない。

佳奈は孤立している。結局のところそれは自らが望んだ孤立だ。児童たちが形成している社会に混ざる必要をとくべつ感じていない。社会に復帰するとしても、萌果の年齢に合った子どもたちの社会ではなく、大人の一団に与《くみ》するのが理想だ。しかし大人の側から見れば幼い子どもにすぎない佳奈は、どのみちどちらの社会から見ても異端者となるだろう。

今後について明るい見通しがない以上、気分は塞ぐ一方だ。自分の過去を見つめ直した結果としても最悪の結論に辿り着いてしまった。――この世に生まれてきたのが間違いであると。

奪われてきて、その分をまた奪い、取り戻そうとした。それで得たものが結局のところ罪だった。では、どうすれば良かったのか。奪われ続ける運命を無抵抗に受け入れていれば、少なくとも罪を得ることはなかっただろう。それが最善だったのか?

『更生って結局どういうこと?』

憔悴《しょうすい》した顔でどこか投げやりに問いかけを出す。佳奈の狭い世界で、込み入った質問ができるのはやはり齋藤ということになる。

「一般的には、心を入れ替え社会復帰できるようになることを更生と言います」

『社会復帰って何』

「周囲の人間とうまく折り合いをつけて、社会活動に勤《いそ》しみながら生活すること……でしょうか」

『それができれば真人間　めでたしめでたしってワケだ』

ぶっきらぼうに書いて見せれば、齋藤は口許に指を当てて考える素振りをした。

「そう言われると考えてしまう部分がありますね。……真人間ですか。なかなか面白い着眼点かもしれません」

齋藤は視線を一点に据え、真剣な目をしてしばらく黙りこむ。――面談は一応佳奈のカウンセリングの時間のはずだが、話題が興味深そうな分野に及ぶと、齋藤はしばしば自らの知的好奇心を優先させているようなふしがあった。それについて佳奈が異を唱えようという気はないが、なかなか好きに生きているなあ、という感想を持つこともある。

沈思している齋藤を横目に、佳奈はノートに文字を走らせた。それを書き終え、齋藤の目の前の机を指で軽く叩く。

『ずっと引っかかってることがあって』

なんですか、という齋藤の返事を聞いて一枚めくった。

『ココに来てからみんながあたしに優しい理由が何か　同情でもしてんのかって』

「ちょっと、よく意味が分かりませんけど……」

首を傾げられ、佳奈は少しむっとして眉根を寄せる。

『あたしが声も出せない弱者だからはれものあつかいでエンリョしてんじゃねーのってこと』

そう書いて見せれば、はあ、と齋藤はどこか間の抜けた声を出した。

「気を遣われたくないということですか？」

『ナメられたくない』すぐさま書いて、続ける。『多分あたしが話せてたら今みたいにはなってなかったと思う』

「うーん、まあ……それはそうかもしれません」

だろ、と同意を求める調子で佳奈は齋藤を見た。

弱い者に優しく、生意気な者に厳しい。人情としては当然のことだろう。口答えをし、反発する人間に優しくしくしたいと思う奇特な人間などそういない。だから今の佳奈——というよりも萌果——に対して大人たちが労り優しくするのは、一般的な人々の善良な反応といえる。これについて「おかしい」と声高に叫べば、ほとんどの人々は困惑するだろう。……人情としては当然、と述べたが、弱者を虐《しいた》げる者だっている。弱きを守るのは成熟した者の反応なのだ。

『あたしは前のシセツじゃロコツにやっかい者だった　それがここに来たとたんにエンリョされまくって気味悪い』

「じゃあ、羽山さんはどうしてほしいんですか？　引き続き厄介者扱いされることを望んでるんですか？」

そう問われるとまた複雑な心地になる。べつに蛇蝎《だかつ》の如《ごと》く嫌われたいと思っているわけではない。ただ、自分がそのままで暮らしていると、自然にそうなってしまうというだけだ。

「社会の調和というものは、さっきも言ったとおり、少なからず助け合いでできていますからね。社会活動は誰かを助け、助けられて成り立つことです。その一員としてうまく機能することを俗に社会に出るとも言いますし……。羽山さんが他人から奪うだけの活動を続けていれば、あなたへ積極的に与えたいと思う人がいなくなっていくのは仕方のないことだと言えますよ」

顔を蹙めて黙りこむと、齋藤はさらに続けた。

「ですから……そう、真人間の話ですけども。結局、人との折り合いの付け方を学んで、実践できるようになるというのが理想のゴールなんじゃないかと思います。多数の人間が集まる場などでは、意見の摺り合わせや協調は必要不可欠ですし」

『それができなきゃ社会の一員にはなれない？』

「……まあ」

『じゃ　あたしにはムリだな』

頭を押さえつけられて生きてきた。それが我慢ならなくて、押さえつける者がいなくなった今は、毅然《きぜん》と頭を上げて生きていくことを望んでいる。にも拘わらず、社会においては周囲の人間の顔色を窺って頭を下げなければならないとあれば、荒れ狂う反発心がそれを許さない。何者にも負けないと志せば、社会からは爪弾《つまはじ》きにされる。……そういうことなのだろうと、佳奈は思う。

世間に多く存在している一般的な人々とは、特別な事情がない限りはおしなべて善良なものだ——と言えば語弊《ごへい》があるかもしれないが、少なくとも他人に対して悪辣に振る舞うよりも、穏便に接したほうが良いことを知っている。それが調和を取るということであり、社会に生きるということだ。

調和を第一に考える人々は少なからず自分を曲げ、誰かに協調している。チームやグループもまたそういう妥協や譲り合いで美しく構成されているものだ。個人の我を強く押し通そうとすれば対立や衝突は避けられない。それを丸く収めるためには誰かの我慢か犠牲が必要となる。不和と争いを嫌う人々はいち早くその空気を読み取ると、率先して自らを犠牲にして円満な解決を図る。

――そもそも社会では人がみな善良であることを求められているのだ。困っている人に優しくしましょう、弱い者を助けましょう、と幼い頃から言い含められている人は多いだろう。この道徳は人々が善良であり強い者であるという前提の上で成り立っている。性善説、あるいは性悪説に基づき、常に善なる者を目指して生きていくべきとする考えだ。

しかし、誰もが正義感や倫理をもって他者に手を差し伸べることができるかといえばそうではない。特にこのご時世においては心的余裕がない人間のほうが多く、内心では助けるよりも助けられたいと願う者もいる。

だからといって「私は他人を助けない」と公言すれば、たちまち多くの人々に糾弾《きゅうだん》され冷血のレッテルを貼られてしまうだろう。善良であるということは、誰もが達成せねばならない努力目標となっているからだ。この糾弾を避けるため、人はしばしば「助けるつもりはあったが諸々《もろもろ》の理由があって助けられず残念だった」と申し開きをする。本来ならば自分は善良な人間のはずだが、あのときはどうにもタイミングが悪かった、という話だ。

事実、目の前に死にそうな人間がいたとして、それを助けない状況とはどういうものか。そこには必ず理由があるはずだった。自分が助ける必要はないと思った、何かの重要な予定に追われていて時間が割《さ》けなかった、共倒れになると思った、助ける術を知らなかった、状況に硬直してしまい何もできなかった、などだ。理由のほとんどはデメリットとメリットを天秤にかけて判断した結果である。

いずれにせよ、そうした事情は助けたか助けなかったかという結果だけを見れば考慮されることではなく、単に批判の的となる。あるいは事情を含めても、助けないとは何事だと非難されることだろう。

人々の善良さに依存した社会において、善良さを持って生まれた人間は搾取され続ける。善良さを持たずに生まれた人間は善良であれと圧力を掛けられ続ける。

なんて息苦しい、生きていて苦しい社会だろう。その一員として機能することを是とし、はみ出した者には〈更生〉が求められる。なぜそのシステムに組み込まれなければいけないのだろう、という疑問がひたすらに浮かぶし、村八分にされて「生きるな」と言われるかのような有り様には怒りと恨みが湧き上がってくる。

(クソな人生、クソな社会、クソな奴ら……そして、あたしも)

どこにも活路がない。——この世は地獄だ。

握った拳を震わせながら考えていると、齋藤がふいに言った。

「愚直、って感じですね」

思わず目を剝いて顔を上げれば、齋藤はにっこりと微笑んでいる。

とうとう言葉を選ばなくなったな、などと思いながら凝視していると、齋藤が再び口を開く。

「でも、分かりますよ。私もそんなに器用な人間じゃないですし。確かに今の社会はうまく力を抜いてやり過ごすことができる人には優しく、そうでない——考え方が極端であったり杓子定規《しゃくしじょうぎ》だったり、真面目にしっかりやっていこうとする人に限って潰れるほど重いような社会です。こうありたいとか、何か理想を持ちながら生きていると、あまりに辛い。そういう感じはありますね。この社会をうまく泳ぐには才能が必要で、それを持たない人はどんどん溺《おぼ》れていく……」

難しい問題ですねえ、と言いながら、齋藤は口許に手を当てた。

「——そういえば、羽山さんは寮長先生たちとのコミュニケーションがいまひとつ足りてないようだと思うのですが、如何ですか？」

佳奈は顔を顰めながら齋藤を見返す。そんな抽象的な質問を唐突に投げかけられても、答えようがない。

「寮長先生がお誂《あつら》え向きの物語を持ってます。聞かせてもらってはどうでしょう」

妙なことを言うものだと訝しみつつ、その日の面談はそこで終わった。

「やあ、話は齋藤さんから聞いてるよ」

丈治に物語を聞かせてほしい、と頼むと、すぐに心得たような返事があった。本棚から一冊の絵本を取り出して、テーブルの上に広げる。その絵本は明らかに市販のものではなかった。どちらかといえば冊子のようで、手製のものであることがすぐに知れる。

「これはね、僕が昔お世話になった人に聞いた物語を絵本にしたんだよ。だからどこにも売ってない、オリジナルのものなんだ」

へえ、と思いながら佳奈は絵本の表紙を眺める。挿絵を指差し、それからノートに文字を書いた。

『この絵は誰がかいたの』

「僕だよ。僕が全部、自分で作って印刷したんだ」

表紙には〈ひつじ村の裁判〉というタイトルと、お世辞にもうまいとは言えないが、独特で温かみのあるタッチの羊の絵が描かれている。これを丈治がせっせと描いたのだと思うと、なんともいえない気分になった。丈治という人間の奥行きがほんの少しだけ見えたかのような。

「じゃあ、読んでいこうか。昔々あるところに、一頭の羊がいました――」

物語はそういうありふれた導入から始まった。


昔々あるところに、一頭の羊がいました。羊は住処《すみか》を追われ、安住の地を探して旅を続けていました。

そうしてあちこちを放浪するうちに、羊は何頭かの仲間と出会いました。羊は彼らと意気投合して行動を共にすることとなり、また行く先で仲間と出会っては、寄り集まって群れを形成していきました。

初めのうち、群れにいる羊の数は両手で数えられるほどでした。誰もが顔見知りであり、ほとんど家族みたいなものです。気の合う仲間たちで作られた群れはみんな仲が良く、なんでもうまくいっていました。

放浪のすえ、群れはとある楽園へと辿り着きました。楽園には食べ物となる草が豊富に生い茂っており、外敵から身を隠す場所もたくさんありました。群れはちょうど放浪に疲れていたものですから、ようやく見つけた楽園をこれ幸いと思い、定住しようということになりました。

何年か経ち、群れは大きくなっていきました。子羊が成長し、また子羊を産み、群れは数十頭の羊の集まりになりました。そうすると、群れにはいろんな羊たちがいることになります。昔のようにみんな顔見知りというわけにもいきません。知らない羊、気の合わない羊もどんどん増えていきました。

あるとき、いつ見てもはらぺこの若い羊が出てきました。普段からほかの羊の何倍もの草を食べていて、食べても食べてもなかなか満足しない羊です。それを見て、一部の羊たちは「あの羊に草が食べ尽くされてしまうんじゃないか」と心配になっていました。

そんなある日、はらぺこの羊が「これは冬のために取っておこうね」と話し合って決めた草を食べてしまいます。「なぜそんなことをするんだ」と訊ねると、「そんな決まりは知らない。お腹が減ったんだ」と堂々と言うのです。

楽園は初めこそ豊富な草が生い茂っていましたが、群れの羊の数が増えたため、だんだん新しく生える草の量が減りつつありました。まだ底をついたわけではありませんでしたが、冬を越せなくなっては大変です。羊たちはみんなで集まり、草を食べる量について、きちんとした取り決めをしました。そして、はらぺこの羊には勝手なことをした罰として、食べていい草の量をみんなより少なくしました。もちろんはらぺこの羊は納得しませんでしたが、ほとんどの羊が「そうするべきだ」と賛成したので、そういうことになりました。

はらぺこの羊も仕方なく取り決めを守っていましたが、そうすると毎日お腹が減って苦しくてたまらないのです。ほかの羊に苦しいよと訴えてみても、誰も取り合ってくれません。「お前が余計に草を食べたせいで、一日に食べていい草の量なんてものが決められたんだぞ。だからお前がいま苦しいのは自分のせいなんだ」と言う羊もいました。

確かにそうかもしれない、とはらぺこの羊も思っていましたが、あまりにお腹が空くもので、耐えられなくなってしまいました。そしてとうとう、ほかの羊の草をこっそり食べてしまうのです。

ある日、はらぺこの羊は勝手に草を食べていることがばれてしまい、群れの羊たちに怒られました。「なぜそんなことをするんだ」と訊かれ、はらぺこの羊は「お腹が減って死にそうだったんだ」と言いました。

はらぺこの羊に対し、群れの羊たちの中にも色々な反応がありました。はらぺこの羊に対してひどく怒っている羊、困っている羊、はらぺこの羊が気に食わない羊、無関心な羊、同情する羊です。

はらぺこの羊にひどく怒っている羊は、自分の草を勝手に食べられた羊でした。今にも頭突きを食らわせそうな勢いです。草を食べられた羊が可哀相だと一緒になって怒っている羊もいます。そのほかに、はらぺこの羊の身勝手さがずっと気に入らないと思っていた羊、はらぺこの羊のせいで草の量が決められたことを恨んでいる羊もいます。

怒ってはいないけれど面倒くさがっている羊もいました。怒っている羊を宥めて機嫌を取りたい羊、怒っている羊のうるささが我慢ならない羊、興味のない話し合いに呼び出されて早く帰りたいと思っている羊、よく知らないけれど周りに合わせて怒っているふりをする羊、などです。

実は、怒っている羊よりも面倒くさがって早くこの場を収めたい羊のほうが多いのでした。その羊たちは、はらぺこの羊がお腹を空かせて苦しんでいること、自分の草を勝手に食べられた羊が困っていること、どちらもどうでもいいと思っていたのです。そもそもの問題である、楽園から草が減りつつあるということもあまり考えないようにしていました。

草を食べられた羊があまりに怒っているし、こういう自分勝手なことは許されるべきではないと言う羊も多いので、はらぺこの羊には何か罰を与えようということになりました。はらぺこの羊は泣いて嫌がりました。自分はあまりに苦しくてたまらなくて、仕方なく草を食べたのだと言います。それを見て、さすがにはらぺこの羊が可哀相だと同情する羊が出てきました。「事情があるのだから許してあげようよ」と同情する羊が言うと、草を食べられた羊が猛反対しました。「自分が苦しいからといって、楽になるために相手を苦しめていいのか」と譲りません。

草を食べられた羊は、「はらぺこの羊のことは本当に許せない。動かなくなるまで頭突きを食らわせてやりたい」と言います。「それはやりすぎだから、しばらくの間、みんなの代わりに働かせるのはどうかな?」と提案する羊もいます。「どこかにしばらく閉じこめて反省させるのはどう?」と言う羊もいれば、「楽園から出ていってもらうのがいいんじゃない?」と言う羊もいます。そうした話し合いの最中、はらぺこの羊はずっと泣いていて、「そんなに泣くくらいだったら、なんでほかの羊の草を食べたんだ」と責められていました。


怒って話し合う羊たちとさめざめ泣く羊の挿絵が描かれたページを読み、丈治が次をめくると、そこはもう裏表紙だった。

「さて羽山さん、あなたはどう思いますか?」

丈治にそう問われ、佳奈は驚いてその顔を見返す。

『今ので終わり?』

「そうだよ」

『なんで結末がないんだ』

佳奈の疑問に、丈治は微笑んで答えた。

「この物語の結末はひとつじゃない。物語を聞いてどう考えるか、聞いた人が考えるものなんだ」

なんだよそれ、と佳奈は思う。絵本、童話、寓話《ぐうわ》にオチがないなんて。こういうものは何らかの教訓を含んでいるものだ。読み聞かせる子どもに対してひとつの方向性を指し示し、社会の風刺をしながら、道徳として道を説《と》くものだろう。それなのに肝心の与えるべき教訓がないとはどういうことなのか。そんな物語では、確かに市販もされないだろう。

怪訝な表情を浮かべる佳奈を余所に、丈治はもう一度最後のページを開き直して、どこか懐《なつ》かしそうな顔をした。

「この物語を聞かせてもらったとき、僕は草を食べられた羊だったんだ」

我を忘れて怒っているような羊の絵を撫でながら丈治が言う。

「はらぺこの羊は相応の罰を受けて然るべきだと答えたよ。だってお腹が空いてるのはみんな同じ、そんなの言い訳にはならないって思ってね。——僕の結末では、はらぺこの羊は泣きながら自分のしたことを悔いてひたすらに謝り倒す。もうしません、もうしません、って心から反省するんだよ。でもそれはそれ、本当に反省しているかなんて、誰にも分からないことでしょ？　二度としないなんて言いながら、ほとぼりが冷めたらまたやるかもしれない。それは許されないことだと思った。だからはらぺこの羊は楽園を追い出されるんだ。僕はそれが一番良い結末だと考えていたよ。動かなくなるまで頭突きをするのは、ちょっと可哀相な気がしたからね」

語る丈治の横顔を、佳奈はじっと見つめた。――報復はしないが許しもしない。追放刑は楽園の庇護をなくし、荒野を彷徨わなければならない一種過酷な刑だ。

「僕のお世話になった人は、それを聞いて『素晴らしい』と言った。『君には草を食べられた羊の気持ちがよく分かっているようだ』とも。そして、『ほかの羊にとっての一番良い結末も考えてみるのはどうかな』と言ったんだ。僕にならできるはずだ、と」

噛み締めるように言って、丈治が本を閉じる。

「誰かの出した答えが一番正しくて一番間違ってるとか、この物語にはないんだ。それぞれの結末がある。立場や事情、そういうものがあるからね。正しさに拘りすぎると本質を見失う。正解なんて幻のようなものだから」

本を目の前に差し出され、佳奈は丈治の顔を見た。丈治がひとつ頷く。

「君が考えるこの物語の結末、僕にはとても興味があるよ。良かったら考えてみて、聞かせてくれるかな？　この本はいつ返してくれても構わないからね」

ひとまず受け取り頷き返してみせると、丈治は穏和な笑みを浮かべてみせた。


（罪は罰せられるべきなんだろうな）

部屋で絵本の頁《ページ》を繰りながら、佳奈は思う。

もし自分が草を食べられた羊の立場であれば、はらぺこの羊が何を言おうと、気が済むまで頭突きをしているかもしれない。追放などでは腹の虫が収まらないし、二度と同じことが起こらないようにするならば息の根を止めるのが確実だ。

ならば、自分がはらぺこの羊の立場であればどう感じるか。殺されて然るべきとはまったく思わない。最終的にはやはり処刑されるのだろうが、それまでにできうる限り暴れ尽くして楽園を破壊し、道連れにしてから逝くだろう。

被害者と加害者と。それぞれの思惑や言い分を擦り合わせて妥協することなどできるだろうか。被害者の多くは加害者の罰を望み、加害者の多くは罰から逃れようとする。できるだけ重い罪に問うてほしいという願いと、できるだけ軽い罪に減らしてほしいという願いと。二者だけでは埒《らち》が明かないから第三者の介入が必要となる。被害者とともに加害者を訴える検事と、加害者を擁護《ようご》する弁護士と、それらの言い分をとりまとめる裁判長と。

（……萌果の罪は許された）

親殺しはかつて尊属殺といわれていた。現在では刑法が改定されて規定が削除されているが、世が世なら重罪だったのだ。しかし今回の罪に関していえば情状酌量《しゃくりょう》の余地があり、通常ならば許されるものだった。佳奈の露悪的な態度さえなければ、児童自立支援施設ではなく児童養護施設に送られていたのだろう。どちらの処遇にしろさほど変わらない気もするが、他人の目から見て許されるものだったという事実は大きい。

（でも、あたしは許されない）

もしも奇妙な入れ替わりの現象が起こらずに佳奈のままであったなら。殺意はなかったと弁を尽くしてどれほど主張しようと、問答無用で傷害致死罪となり刑務所に連行されただろう。誰もがその判決を妥当なものだと見なし、それどころか刑を重くしろと詰《なじ》られたかもしれない。

（なんであいつだけ……）

無意識に親指の爪を齧り、血の味と痛みに顔を蹙める。借り物の本に血がつかないよう遠ざけつつ爪を噛み切り、溢れた血を少し啜って、佳奈は溜息を落とした。

〔分かってるくせに〕

嘲笑う声が聞こえて、はっと目を見開く。――またあの幻聴。

〔なあ、お前が死ぬべきだったんだよ。生きてたってどうしようもないんだからさ。お前は他人を害しながら生きることしかできないだろ？〕

親指が脈打ちじくじくと痛む。拳の中に握りこみ、唇を噛み締めた。

〔何も変わりゃしないよ。お前が身につけた生き方も、真っ先に選び取る選択肢も、全部暴力だ。志木に襲われたときだってお前はあいつを殺そうとしたな？　傷つけようとした。それ以外に身を守る方法がなかったもんな。仕方ないよ、お前が取れる行動はそんなものしかないんだから〕

幻聴は佳奈自身の声であり、佳奈しか知らないことを突きつけてくる。これこそ齋藤が言っていた多重人格の症状なのだろうかとちらりと考えたが、声はあくまで頭の中に響くのみであって、それ以外のアプローチをすることはない。……少なくとも、今のところは。

（殺さなきゃ殺されるんだ）

そう考えると、すぐさま嘲笑混じりの声が返ってくる。

〔ああそうだな。自分が死にそうになってるときに、他人のことなんか知ったこっちゃねえよな。お前のしたことで他人が迷惑を被ろうが、傷つこうが、死のうが、自分自身が死ぬよりは遥かにマシだもんなあ。正直そんなことにいちいち構ってらんねえよな。自分が生きるか死ぬかってときにさ、他人に共感とか同情なんかしてる場合じゃねえもん〕

（死にたくないと思っちゃ悪いのかよ）

〔誰だって少なからずそう思ってる。ヒトゴロシのムシのいい命乞《いのちご》いなんか、聞くやつがいるかねえ？〕

声は恐ろしく的確に佳奈を刺してくる。なんなんだよ、と思う反面、腑に落ちる部分もあるのだ。声は佳奈がどこかで思っていることを改めて言葉にしているだけなのだから。

〔とっくにお前の人生は終わってんだよ。萌果を殺したときにな。だからどうすればいいか、分かるだろ？〕

幻聴は姿を持たない。しかしその声は、まるで気安く肩を抱きながら耳許で囁かれたかのように感じた。

〔――死んで終わらせるんだ〕

いやだ、と抗うように頭を振る。佳奈はしばらく幻聴の追撃に怯えていたが、ぱったりと声はやみ、部屋には静けさが戻っていた。

6

握りしめていた拳を軽く開く。掌についた血を眺め、憂鬱《ゆううつ》な息を吐いた。

日々は連綿と続く。代わり映えのない日常、いつもの面子《メンツ》、腹の底に蓄積され続けていく鬱屈《うっくつ》。倦んだ気分は日ごとにますますひどくなる。時折やってくる幻聴に苦しめられることも大きな要因であったが、佳奈はそれを齋藤に相談することができずにいた。

つまらない意地だ。弱い人間だと思われたくないという、この期《ご》に及んで無駄な意地。だから齋藤に様子を訊ねられて、障りのない本音だけを書き出した。

『毎日が同じことのくりかえしでウンザリする』

「……そうですね。停滞は心を病む原因のひとつですもんね」

言って齋藤は考える素振りをし、じゃあ、と思いついたように提案した。

「特別寮から普通寮に移るのを検討してみては？　今より刺激的な生活になると思いますよ。もちろんすぐに移るのは難しいと思いますけど、そこを目標にして頑張れば日々に張り合いも出ると思いますし」

それは厭だ、と佳奈は首を横に振る。異端でしかない自分が未来ある児童の中に放りこまれるのは苦痛だ。自分の将来性のなさをまざまざと見せつけられてしまうから。

――結局のところ、どこにも行き場がない。この社会のどこにも自分がいて良い場所などない。考えていると、口を開けて待ち受けている虚無の深淵《しんえん》に足を掬われて、極論に辿り着いてしまう。幻聴の指摘するとおり、死ぬしかない、と。あるいはどこまでも利己的に生き続け、恨みを買い続け、その結果として殺されるのをただ待つか。

畢竟《ひっきょう》するにそういうことなのだと思う。佳奈には幼い頃から選択肢というものが不十分だった。善性を以て行動するための選択ができる環境になかった。自分を害するか、他人を害するか。その二択をいつも迫られて、我が身可愛さに他人を害する選択肢を取っては糾弾されて。恨みを買い、最終的には自分もまた害される。何をどうしようと辿り着く結果は同じであるなら、なんのために足掻いてきたのか分からなくなってしまう。

暗澹《あんたん》たる気分で目を伏せた佳奈に、そういえば、と齋藤がどこか場違いに明るい声を出した。

「寮長先生の物語は聞かせてもらいましたか？」

『羊の絵本なら見た』

「どうでした？」

どうと言われても、と思いながら佳奈は書く。

『罪人は結局ゆるされないってことだ』

「ふむ」

それだけですか、と首を傾げられ、頷いて返す。

「羽山さんの結末はそうだったんですね。被害者のほうに共感したと」

『そういうわけじゃない』

「でも、事情があるから罪を許されるべきだ、とは思わなかった」

『世間様はそんなにあまくないってこと』

「あなたが導き出した結末ですよね？」

む、と眉根を寄せながら佳奈は齋藤を見て、それから書いた。

『あんたの結末は？』

「私ですか？　そうですね……私も結末としては寮長先生と似た感じです」

『はらぺこの羊が追放されるやつか』

肯定する齋藤を見て、なんだ、と佳奈は思う。――やっぱり羊は許されないんじゃないか、と。

「刑罰の表向きとしてはそうなんでしょうね」

言って、齋藤は意味深な笑みを浮かべた。

「でも、それがお互いにとって一番いいことなんです」

追放刑の何がいいことなのか分からず、佳奈は首を傾げる。『意味が分からん』と率直に書いてみせれば、齋藤はさらに笑った。

「はらぺこの羊にとって、そのコミュニティは卒業するべき場所だったんですよ」

『卒業？』

「平等は担保《たんぽ》されても公平が担保されない。そうした社会の中で規格外のものを持って生まれてしまった場合、どこかで必ず世間とのずれが生じます。楽園は多くの羊たちにとっての楽園でしたが、はらぺこの羊にとってはそうではない。ならば、はらぺこの羊は楽園という窮屈なコミュニティを卒業して、自分に相応しい新たなコミュニティを探すべきだと思いませんか？」

佳奈は思わずぽかんとして齋藤を見つめる。追い出されたのではなく自ら選んで旅立つのだ、とは欺瞞《ぎまん》のように思えるし、ものは言いようだなとも感じるが。そもそも楽園はすべての羊にとっての安住の地ではなかったのだ、という意見は斬新《ざんしん》に思えた。

「彼らの祖たる羊も、自分の住処を離れて放浪したすえに仲間と巡り会いました。既存のコミュニティに帰属するのも悪くないですが、そこで苦しむくらいなら、新たなコミュニティを自分で作り上げたほうが楽だと思いません？」

いや、とほぼ反射的に佳奈は首を横に振る。

『そんなカンタンな話じゃないだろ』

孤独な旅は辛く、大きな危険が伴う。よほど自分に自信を持ち、目的意識を強く持ち、高い行動力や実行力を備えていなければ、自らの道を切り拓《ひら》いていくことなどできやしない。能動的になれないからこそ既存のコミュニティにしがみつくのだ。

『だいたいルールも守れないようなヤツが好き勝手していいのかよ』

佳奈がそう書くと、齋藤はこともなげに言う。

「ルールは集団を統率するためにあります。集団の質が違えばルールが変わるのも当然のことです」

『ならあえて無法地帯を作るのもアリだと言いたいわけ』

「そもそも殺人や窃盗などを犯罪として処罰するルールを設けているのは人間だけです。動物には裁判もなければ刑もない。――それでも暗黙の了解やしきたりがあって、命を奪《と》るも奪られるも、理不尽すらもすべて受け入れる。人間以外の生物が採用している最もポピュラーな世界観がそれなんですよ」

『人間が例外だって？』

「当然そうです。よく道徳なんかでありますよね。どうして人を殺してはいけないのか、という問い。これには様々な答えが出ます。悲しむ人がいるから、犯罪だから、命は大切なものだから……たびたび議論もされますが、私はこう思いますよ。人間社会の秩序を守るためにそう決められているから、と。これを許せば『殺されたくない人』が殺されてしまう確率が上がってしまうので、禁止されているんです。『殺されたい人』なんてよっぽどじゃない限りいませんからね。このルールに異を唱える人はほとんどいない」

佳奈は奇妙な気分で目の前の齋藤を見つめていた。独特な視点を持っているとは以前から感じていたが、善悪の考え方や倫理観についても少々常識を外れているようだ、と思う。論理として間違っているとは思わないが、型破りであり、世間一般的に支持を集められる考え方ではない。齋藤の言葉を借りるなら、道徳の教育において導かれる正答から逸脱した答えである。

それでも、齋藤の話は佳奈の腑に落ちた。人は自分が殺傷されるリスクを回避するために殺傷を禁止するルールを作る。社会における安全の保障。蛮行を働く者は確実に排除しなければ、我が身の安全は脅かされてしまう。だから直接的な関わりがない相手であろうと、加害者を許すことはできない。誰かの殺傷を許すことは、自分の身や大切な誰かの殺傷をも許すこととなってしまうから。加害者が厳重に罰せられて二度と表を歩けなくなることによって初めて、安全が保障されるというわけだ。

齋藤は追放刑を良しとした。罪を犯した者を殺すという選択肢を取らなかった。極めて真っ当な社会のルールに懐疑的な目を向け、楽園ではないとまで言ってのけた。加害者を擁護するような、あるいは加害者としての視点で物を考えているように思えるのが、佳奈には不思議だった。

『あんたの中ではらぺこの羊はメーワクな犯罪者ではないってこと?』

「事情がありますから情状酌量の余地は充分にあると思いますよ。——とはいえ、楽園に所属していた以上、ルールを破って問題を起こした場合に何らかの裁きは必要でしょう。被害者と加害者、双方のために、ですね。罪と呼ばれるものを無条件に許すことは決して温情などではありません。ですが、この罪によって命を奪われるのが妥当なのかといえば、私はそうではないと思います。仮にはらぺこの羊が同輩の羊を襲って食い殺したのだとしてもです。奪った命を己の命で贖うのは一見すれば等価のように思えるかもしれませんが、実のところはそうじゃない。命はそこにある限り、生命活動を続ける限り、どこかに何かの影響を与え、何かを生産しています。それを贖罪《しょくざい》という理由で絶つのは少々身勝手と言いますか、生きていれば生産されたであろう価値と釣り合いが取れません。罪に対する一番の贖罪とは、誠実に生きて死ぬこと以外にないと思うのです」

『きれいごとなんじゃないの』

佳奈がそう書くと、齋藤は微《かす》かに笑う。

「綺麗事とは実現するのが一番難しいことです。実現すればこれほど素晴らしいことはないでしょう。だからこそ挑む価値のあることですよ」

『意識が高いね』と呆れながら書き、もう少し付け加えた。『理想的できれいな世界ってのは　あたしみたいなクズには生きづらそうな世界だ』

齋藤は珍しく気を抜いた調子で頰杖をついて言う。

「誰にとっても心地の良い場所なんて、そもそもどこにもありませんよ」

指を組み、親指を宙でくるくるとまわす。特に意味のない手遊《てすさ》びをしながら、齋藤は何かの想いを噛み締めるように瞬いた。

「はらぺこの羊がなぜ禁を破るに至ったか、それはもう本当に単純に、はらぺこだったからでしょう。楽園は平等を追求し、はらぺこの羊にとって適切な量の食事を与えませんでした。これは、はらぺこの羊に問題があったのでしょうか？　それとも楽園というシステムに問題があったのでしょうか？　――言うまでもなく私は後者だと思います。同じ形質を持った者たちが集まるコミュニティなら平等を追求するのが最善でしょうが、異なる形質を持った者を含み多様性を包括する社会においては平等では立ちゆかず、個別の事情に合わせた公平性が必要となります」

楽園には当初、食料となる草が豊富に生い茂っていた。しかしそれを食べて生き、地に仲間が殖《ふ》えていけば、取り分が減っていくのは予想できる事態である。今年食べたぶんの草が来年にも同じように生い茂るとは限らない。

こうした場合、自然では何が起こるのかといえば、出生数が絞られる。一部の捕食者が殖えすぎて生態系を壊してしまわないようにするのだ。誰が指令を出しそのようになるかは不明だが、一帯に生息する生物の数はうまい具合に調整される。環境の変化で何かの種が異常繁殖する年があったとしても、結局その一帯から被食者が少なくなれば多くは淘汰《とうた》されることになる。

しかし人間の場合はそうもいかない。社会に重きを置き、知的生命体を自負するのであれば、自然淘汰を良しとするのではなく知恵を用いて問題の解決に当たるべきだろう。羊の話は寓話であるため楽園に生じた問題は知で解決されるべき事柄だ、と齋藤は述べた。

「世代を重ねるにつれ、従来のシステムに綻《ほころ》びが生じて立ち行かなくなることは分かり切っていること。想定されていなければいけないことです。ひとつの基準に基づく平等と違って、公平は判断も管理も非常に難しい。個々に合わせなければいけませんからね。これを如何に解決するかが課題で、一定以上の水準を保つことができるのが成熟した社会であると言えるでしょう。これを解決できない、する気もない未熟な社会に身を置き続けるのは不幸なことだと、私は思うんです。如何ですか？」

佳奈は圧倒され、答えに窮した。迷いに迷った挙げ句、ノートに書きつける。

『なんかものすごく強い持論があるんだなということは分かった』

見せれば、齋藤は少し眉を下げて自嘲ともなんともいえない笑みを浮かべた。

「そうですね、これはあくまで私の持論ですから、誰にとっても正しい答えというわけではありません。まったくもって。なので、羽山さんも是非、自分の頭で考えた持論を展開させてみてください。私はいつでも聞きますよ」

はあ、と瞬く佳奈に、それから、と齋藤が続ける。

「今の羽山さんに一番必要なのは反省よりも癒やしではないかと思います」

意外な言葉に呆然と目を丸くすると、何よりも先に頭の中から声がした。

〔生ぬるい！〕

一喝するような厳しい声につい肩を揺らし、そんな佳奈を見た齋藤が怪訝そうにする。

「……どうしました？」

『なんでもない』そう書いて見せ、もう少しだけ書き足す。『いやしってどういうこと？』

どこかおずおずとノートを見せると、齋藤はひとつ頷いて口を開いた。

「つまりですね」

〈甘えたことぬかしてるよな。お前もそう思うだろ？　こいつ、普通じゃないぞ〉

「……ということであって、まあ簡単に言えば……」

〈ありえねー考え方だ。通んないよこんなのは。誰がハイそうですねって言える？　ふざけてやがる。ま、世間からは袋叩《ふくろだた》きに遭うようなハナシだろうな〉

齋藤の言葉を遮るかのように幻聴が頭の中にこだまする。おかげで齋藤の話は途切れ途切れにしか聞き取れず、佳奈は顔を顰めて頭を抱えた。

「羽山さん、私の言うとおりに深呼吸してみてください」

軽く机を叩いて佳奈の気を引きながら齋藤が言う。

「大きく息を吸って。ゆっくり大きく吐いて。胸を大きく膨らませて息を吸って……お腹をへこませるようにゆっくりと吐く。しばらく繰り返してください」

真剣な齋藤の顔を見ながら、ひとまず指示通りに深呼吸した。深く吸って吐いて、深呼吸することに意識を集中させる。そうしているうちにいつの間にか幻聴は消えており、佳奈は安堵の息を深く吐いた。

「落ち着きました？」

気遣わしげな調子でそう訊ねられ、なんとか頷く。齋藤は佳奈の調子が尋常でないことをさすがに察したようで、深い憐憫の目を向けてきた。

「羽山さん。あなたはこれまで、色々な目に遭ってきたんです。そして脅《おびや》かされてきた。まずそのことを認めてあげなければいけません。――あなたは耐えてきたんです。自分なりに、必死になって辛い世界を生き抜こうとしてきた。その結果として確かに事件や犠牲はありました。被害者がいて、命を失った人がいる。そのことを『仕方なかった』とか、軽い言葉で済ませて事件を不問にするのはもちろん間違っています。けれどもまず、羽山さんが今するべきことは、傷ついた心を癒やすことなんです。自分の中の怒りや悲しみに目を向けて、それを認めて受容してあげなければ、あなたが先に壊れてしまう」

喉の奥で鉛が閊えたような苦しさと同時に、目頭が熱くなるのを感じた。視界がぼやけ、奥歯を食い縛る。

泣くものか、と思った。――これは佳奈に向けられた言葉ではない。齋藤の目の前にいる萌果という不憫《ふびん》な子どもに対して向けられた憐《あわ》れみなのだ。

『そんなこと言われたって』

震える指で文字を記す。わななく唇を一文字に引き結んで、佳奈は鉛筆を投げ出した。

7

何をどうすべきなのか、それが分からない。佳奈を追い詰める幻聴の声は何かの折にふと現れたし、依然として責め立ててきて最終的に死を促してくる。

異常な状況には慣れつつあった。殺したはずの娘と存在が入れ替わる、などという超常的な状況にすら順応した佳奈だ。そういう何か非日常的な出来事に対する耐性があるのかもしれない。平穏な人生というものを知らず生きてきたからこその順応力だろう。

羊の絵本のことを思い出す。結末のない、模範となるべき正解が存在しない物語のこと。それはまさしく人生と同じものであるともいえた。

齋藤が加害者を擁護するようなことを言ったのが佳奈には意外だった。それともあれは、佳奈を気遣ってのことなのだろうか。強固な持論を聞いた様子では齋藤自身の背景に何かがあるようにも思えたが。深く推察することは佳奈にはできない。

……羊の物語について、丈治と齋藤は追放刑という一点でいえば同じ答えに辿り着いた。だがそれは、両者ともまったく違う見解と思考の過程から導き出した答えである。異なる考え方を持っていても同じ結論に帰結するものなのだ。つまるところ、同じことを言っていたとしても、同じ考えであるとは限らないということだ。そう考えるとますます混沌《こんとん》としてしまう。

佳奈はこのところ特に倦怠感《けんたいかん》と無力感を感じていた。

自分はそれなりに強い人間だと思っていた。波乱を乗り越え、ひとりでもそれなりに逞《たくま》しく生きていけていると。誰かに依存せずとも自分で判断し、強い自我を持っていると。しかし実際のところはそうではなかったらしい。誰かの意見に絶えず反発してきたから決断力や判断力があるふうに見えていただけであって、結局は他人の意思に依存していた。何のことはない、空虚で意志薄弱な人間だったのだ。

ここに来てからというもの、自分のつまらない実体をありありと思い知らされている。大して何をするでもなく、日々が内省のためだけにあるからだろうか。

悶々《もんもん》と過ごしていて、あるとき、学校から帰るなり芳恵に呼び止められた。

「これ、萌果ちゃん宛《あて》の郵便物ですって」

佳奈は怪訝に思いながら荷物を受け取る。そこには一通の手紙と一枚の色紙が入っていた。差出人を見てみると学校の名前がある。記憶の糸を手繰《たぐ》り寄せ、萌果が通っていた小学校だと思い出した。

（あたしが見たって仕方ないいんだろうけど）

思いながら色紙を見れば、クラスの子どもたちからの寄せ書きが目に入った。読みにくい字、子どもにしては綺麗な字、殴り書きの字、個性的な丸い字などが円を描くように並んでいる。色遣いも様々でカラフルに彩《いろど》られてあり、隙間には他愛のないイラストが描かれていた。

ほとんどの文章が『お元気ですか？』から始まっている。どういうコンセプトの寄せ書きなのだろうと思ったが、『し設にいても羽山さんは六年一組の仲間だよ。』とあるので、不登校児に宛てるような寄せ書きに似た趣旨なのだろうと思った。

（六年一組、か）

萌果は早生まれの子どもである。事件が起きたのは十歳で、当時の萌果は五年生だった。そこから一年が経ち、そろそろ二年が経とうとしている。小学校に通っていれば卒業の時期だっただろうか。

それにしてもなぜ今更こんなものを送ってきたのだろう、と佳奈は疑問に思う。萌果は五年一組のクラスメイトではあっただろうが、六年一組には所属していない。進級することなく、一度も教室に登校しなかった生徒をクラスメイトとして定義するのは不自然な気がした。不登校児と違って萌果の籍は既に抜かれ、名簿にも載っていないはずだ。

確かに、小学校の五年生から六年生はクラス替えもせず繰り上がりで、教師もそのままということが多い。そう考えれば多少の馴染みや縁があることは頷ける。卒業の時期ということで、小学校生活を決算するべく、タイムカプセルよろしく寄せ書きを送ってきたのだとすれば、まあ何となくは腑に落ちた。

通過儀礼のようなものだろう。そこにはさして深い意味もない。寄せ書きのコメントはほとんど判を押したように定型文が続いている。気の利いたコメントが思い浮かばず、誰かが書いたコメントに倣《なら》って同じように書いているものがほとんどだ。

『お元気ですか？　羽山さんとはあんまり話したことがなかったけど、もっと色々話せばよかったと思います。』……本当に何の感情も持たず、言われるまま単に書かされているのだろうということが明確な文章だ。

たまに長文で何行か書かれているコメントもあったが、目を通してみると驚くほど中身がない。その中でただひとつだけ目を引く文章があった。

『お元気ですか？　私は今、羽山さんがお世話をしていた、花のお世話係を引きついで、大切に育てています。花がさいて、かれるたびに、羽山さんは、どうしてるのかなあ、と考えます。し設でも、お花を育てていますか？　村山千尋《むらやまちひろ》』

佳奈にはこの名前に見覚えなどない。萌果であれば違ったのだろうか、と少し思う。顔も知らないこの子どもが一体どういう気持ちで寄せ書きを書いたのか。そう考えると不思議な心地になった。

――佳奈の知らない、萌果の人生。佳奈は決して知ることのできなかった学校生活、クラスメイトとの交流。そんなものを今更のように意識した。佳奈の知らない萌果がいる、そんな当たり前のことに今、ようやく思い当たったような気分だった。

続いて手紙を開けてみると、そこには大人の字が並んでいた。これは担任の木原《きはら》という教師からだった。

『羽山さん、お元気でしょうか。児童自立支援施設での生活はどうですか？　困ったことなどありませんか？　羽山さんはひょっとすると、こんな手紙を送られても迷惑だと思うかもしれませんが、先生はずっと羽山さんに謝らねばならないと思っていました。

羽山さんはもの静かでクラスメイトとの交流も少なく、ほとんど誰とも話さない子でしたね。でも責任感があって、クラスの当番にはいつも真面目に取り組む子でした。

思い返せば家庭訪問で、羽山さんのおうちを訪ねたときに、先生は羽山さんのおうちのことについてもっと考えるべきだったのかもしれません。あるいは羽山さんの様子にもう少し気を配って、羽山さんが心の中で助けを求めていることに気づくべきだったのでしょう。

羽山さんの苦しみを分かってあげることができず、本当にごめんなさい。とても後かいしています。せめてこれからの羽山さんの生活が少しでも良いものとなるよう願うばかりです。

はなれていても私たち学校の仲間とのきずなはつながっていますよ。いつでも六年一組のことを思い出してくださいね』

佳奈はひっそり息を吐く。これを読んで、果たして萌果はどう思うのだろう。

（こんな教師に何が分かる）

少なくとも佳奈はそう思った。

（禊《みそぎ》としての懺悔《ざんげ》のつもりだかなんだか知らねえけど。自己満足の独り善《ひとよ》がりじゃねえか。気づいてあげられなかった、分かってあげられなかったなんて言って、白々《しらじら》しくて気持ち悪いな。クラスメイトとの交流も少なかったなんて言っておきながら、絆は繋がってるってどういうことだよ。嘘くせえ。薄っぺらくて寒気がする）

心の中で吐き捨て、手紙を適当に放ってしまう。こんな手紙燃やしてしまえ、とまで思うほど胸糞悪かったが、結局は自分に宛てられた手紙ではないので複雑だった。

どいつもこいつも――と佳奈は思う。萌果は人殺しのはずなのに、なぜこうも優しくされるのか不思議でたまらない。誰もが萌果を保護しようとし、罪を赦《ゆる》そうとする。可哀相な子として接する。そうならなかったのは佳奈が露悪的に振る舞ったときだけだ。

きっと、本来の萌果であればもっと、大人の同情を集めて気遣われていたはず。萌果という存在は、辛い境遇を背景に背負った少女は、本来守られて然るべきものなのだ。佳奈の悪辣な精神さえなければ。

可哀相に、萌果ちゃん、お母さんにいじめられて辛かったね。誰にも相談できなくて辛かったね。助けてもらえなくて辛かったね。苦しかったね。正当防衛で結果的にお母さんは死んでしまったけど、萌果ちゃんは悪くないんだよ。罪の意識に苦しめられるかもしれないけれど、大丈夫。萌果ちゃんには未来があるよ。将来があるよ。辛い記憶もいつか忘れられるような楽しいことがこれから先にたくさんあるはずだよ。悲しい過去を乗り越えて、これからは清く明るく正しく生きていこうね。萌果ちゃんならできるよ。頑張って！

(死ね……)

淀んだ瞳で壁を睨みながら佳奈は呪詛を吐く。

(人殺しのくせに、なんであいつだけ赦されるんだ)

近くにあったノートを摑んでページをめくる。

(なんで、あいつだけ)

指の先が白くなるほど鉛筆を握りしめる。

(あいつだけ――)

死ね、と力任せに大きく書き殴る。ページがへこむくらいの筆圧で、何度も何度も書いた。死ね、殺す、殺してやる、呪詛の言葉を書き、やがて鉛筆の芯《しん》が折れて、別の鉛筆を持ち出してまた書く。

(なんでだよ)

ページに擦りつけた黒鉛の粉で掌が汚れても構わずに書くので、やがてページ全体が黒くなっていく。

(あたしは赦されないのに)

また芯が折れる。鉛筆を交換する。そしてまた芯が折れる。見開きいっぱいに呪詛を書きつける。さながら写経のように。しかし荒々しく。

(なんで)

昂《たか》ぶりささくれ立った儘ならない感情をひたすらにぶつけるこの行為は、まるで思春期の情緒不安定な少女がやるようなことだった。

(どうして)

本来の年齢にはとても見合わない、幼稚で愚かしい行為だとは分かっている。それでもほかに吐き出すところなどなく、胸の内に持ったままでもいられない。

怒りなのか悲しみなのか、恨みだか憎しみだか、自分ですら全容の分からないこの情動を抑えて平静を装うことなどできもしない。

——結局のところ、佳奈の精神は母親の真砂子が死んだあの頃から成長を止めてしまっていたのかもしれない。だとすればその年齢相応の行為とも言えるのかもしれないが。

(なんであたしだけ)

佳奈は赦されない。弱く罪もない子どもを虐待した挙げ句に殺傷した極悪人だ。逮捕され、留置場に入れられ、裁判では問答無用で有罪となって、刑務所にぶちこまれるはずだった。

ニュースを見て人々は言うだろう。こんな極悪人は殺してしまえと。懲役数年程度の刑では生ぬるい、こいつは子どもを殺したのだから死をもって償うべきだ、赦してなるものか、死刑にならないのならばせめて一生苦しみぬくべきだと。

（あたしだけ）

黒鉛の芯が折れ、先端がひしゃげた。替えは既にない。木の部分で紙を文字の形に擦る。もう書くことができないその鉛筆で何度も、既に書いた字をなぞるように、重ねるようにぼかすように動かす。

そのうちに黒く汚れた紙面を水滴が叩いた。ぼたぼたと降ってくるその水は、佳奈の双《そう》眸《ぼう》から溢れ出しており、やがて滂《ぼう》沱《だ》の涙へと変わっていった。

鉛のような重さの何かが胸に迫り上がり閊えて苦痛を併発する。息苦しくてたまらない喉から押し出されるように、ぐう、と呻き声が漏れた。

髪を鷲摑みにし、強く引っ張る。指の隙間に髪が束になって抜けた。頭皮が僅かに熱を持ち、痒《かゆ》みを感じ、爪を立てて掻き毟る。指先に濡《ぬ》れた感触がして爪が赤くなる。それでも痒みは治まらない。

「うゞ、ぐ、う、ゞ――っ」

嚙み締めた歯の隙間から獣のような呻きが溢れ出した。忙しなく荒い息を吐きながら、紙を握り潰す。そうしていても身の内に渦巻き胸を灼くような激情は治まらない。苦悶の声を上げながら机に突っ伏した。瞼の裏で光が弾《はじ》ける。

――あたしだって辛い目に遭った。あたしだってひどい目に遭ってきた。なのにどうして、あたしだけ赦されねえんだ。味方なんていなかった。誰も優しくしてくれなかった。なにも気遣ってもらえなかった。温かい家庭も愛情もひとつも分からない。今更そんなものがほしいなんて思わないけど、当然のように生まれたときから持ってる奴とは到底解《わか》り合えない。話している言語からして違うんだ。持っている倫理の基準がまるで違う。あたしの最善はそいつらにとって最悪で、あたしが必死に摑み取った選択肢はそいつらにとってクソみたいな害悪で、あたしの存在自体が赦されないものなんだ。だけどそれじゃあ、どうしろってんだよ。早々にくたばっちまえば良かったたって言うのかよ。どんな悪人でも死ねば仏って、そういうことなのか？

眼の奥に鈍痛がして、佳奈は苦しみにただ喘《あえ》いだ。

これほどに苦しんでも知られることはない。無責任な他人が無責任な非難を浴びせ、存在を抹消しようと追いこんでくる。そんな莫迦みたいなことがあって堪るかと佳奈は思う。

酸欠になって服の胸元を握り潰し、机に突っ伏して、それから気づいた。

自分は周囲からの『存在するな』という圧にひたすら反発するため、ただ生きているのだと。

目的なんかあるはずがない。成し遂げるべき高尚な使命も。否定する者たちの鼻を明かすためにただ生き、存在しているだけなのだから。

一から十まで自分には自分のものなどなく、ただ周囲に対する反応と反発があっただけだった。佳奈は取るに足らないくだらない過去により作られ、それを引きずってただ在るだけの亡霊にすぎないのだ。

（そういうことか）

理解した瞬間に声が聞こえた。

〔終わらせよう〕

意地を張って生き続ける理由などない。この永続的な苦痛を終わらせるため、佳奈にひとつも優しくない世界から出ていくための、明確な救済措置がひとつある。

死だ。

(やっぱり、これしかない)

佳奈が摑み取れる選択肢はいつだって限られていた。

(これしか、ないんだ)

ポケットに入れていたハンカチを取り出して広げる。大判のそれを斜めに折り、細い首に巻きつけてみた。ハンカチは首を余裕で一周し、結ぶことができる程度には長さが余っている。

(……いけるな)

8

望まない命を産み出してしまったとき、後悔などに思い至るほどの余裕はなかった。なにしろ長い陣痛に苦しめられ、ようやく一仕事終えたばかりだったからだ。クタクタすぎてどうでもよくて、やっと解放されたという安心感ばかりが大きかった。

こんなものが腹にいたのか、という奇妙な感覚。母親は子どもを産めば母性が芽生《めば》えるのどうのとか巷では言うが、佳奈にはそうした慈愛の類いの感情など微塵も湧かなかった。やはり母親にも適合不適合というものがあり、自分は間違いなく不適合なのだろう。早いところ雪乃に引き渡してしまって楽になりたいと思っていた。

小さくて頼りない命だ。世話をする者がなければすぐに死んでしまう。

母性が芽生える様子はなかったが、ぐずって泣く声を聞けば不思議と自然に目が覚めた。重たく張った胸を不快に思いながらも母乳を与え、うまく出なくなってからは粉ミルクに切り替えた。それだって簡単に用意できるものではなかった。

寝ていても数時間間隔で起こされるし、世話は大変だし、良いことなんか何もない。可愛いと思える感情もなく、宇宙人を育てている気分すらした。なんでこんな面倒なものを――と辟易しながら、それでも少しの辛抱だと自分に言い聞かせて日々を送った。

(毎日毎日、飽きもせずにビービー泣きやがる)

食べて寝て排泄《はいせつ》する、それだけのルーチンワークをひたすらにこなす赤子は純粋な命だった。望まれようが望まれまいが既にそこに在って生きている血肉であり、戸籍を持ち名前すら持つ、しっかりとした社会的な生き物である。佳奈にはそれが少し恐ろしい気がした。

しかしこれは自分の腹から出てきたものであり、細胞分裂したわけではないにしろ、自分の分身のようなものでもある。その証拠に子どもは日が経つにつれてどこかしら自分に似てきた。それは佳奈にとって不愉快な事実だった。幼少期の自分のことなど思い出したくもないと考えていて、人生の中で一番忌《い》み嫌《きら》っていたからである。

雪乃が掌を返したときに、養子や里子についてもっと真剣に調べるべきだったのかもしれない。ただ周囲の人間などは、子どもは血の繋がった実の母親が育てるべき、手放すなんて可哀相、無責任に産むな、産んだからには責任を持て、子どもがほしくても産めない人間もいるのだからお前は恵まれているのだ、といった愚にもつかない説教をするばかりでほとほとウンザリしてしまった。

確かに妊娠は軽率な性行為の結果であり、堕胎の期間を逃してしまったのも佳奈の怠慢だが、仕方なく産んだら産んだで非難囂々《ごうごう》なのだからやってられない。見ず知らずの他人が、子どもに対して責任も持たない立場の人間が、何の権利があって佳奈の軽率さを詰《なじ》り説教を垂れるのだろうと思った。自分はそんなに欠点のない完璧《かんぺき》な人間なのかと言ってやりたくもなったが、言い争うのも面倒だった。

一度だけ行政に相談してはみたが、そこでもやはり呆れ顔で諭されてしまい、萌果のことは自分で世話をするしかないという結論に仕方なく辿り着いた。

「……はあ」

可愛いと思ったことは一度もない。腕に抱いても、ただずっしりと重いだけの荷物だった。やたらと高い体温に気味悪さすら感じていた。人形ではなく生きているのだと、命があって血が流れていると突きつけられるたびうそ寒い感覚がした。今思えばそれは、自分に課せられた責任の重さに恐怖を感じていたのかもしれない。

子どもを持つということ、それ自体が佳奈にとっては重い罰のようだった。ひっきりなしに泣く声は情緒と自律神経を掻き乱し、生活リズムも頭の中もぐちゃぐちゃにする。うるさいと言って頬を張ればますます泣く。責められ続けているようにしか思えなかった。逃げ場がなく、相談する者もいない。家にいるとノイローゼになりそうで、そのぶんだけ働いた。帰ればクタクタで、荒れ放題の部屋が佳奈を待っている。

気が狂いそうだった。……いや、既に狂っていたのかもしれない。社会に出られるギリギリの人間の形というものを保っているのがやっとだった。ぐずる子どもを叩いて黙らせ、それでいて律儀に飯を食べさせてやり、最低限の世話をしてやりながら、何をやっているのだろうと思うことがしばしばあった。

「お母さん、ちゃんと寝ていますか？」

予防接種に連れていったとき、一度そんなことを医者から言われた。何と答えたかは覚えていないが、うるせえ、と思ったことは覚えている。

せめて誰かが萌果の体の異変に――虐待に気づいてくれれば良かったのか。児童相談所という視野は佳奈にはなかった。

いつの間にか言葉を覚えた萌果が口にするのは「めなしゃ」という言葉だった。初めのうちはよく分からなかったが、どうやら「ごめんなさい」と言っているらしいと分かったときは驚いた。

叩かれることに対して自分が悪いのだとする自意識、そして謝罪するという文化を会得していることに面食らい、佳奈はなんとなく罪悪感を持った。

柔く丸い頰、大きな瞳、むくむくとした腕や足、小さく細い指。懸命に生きている命だ。街で行き交う親子を見るにつけ、萌果も親さえ違えば健《すこ》やかに育っていたのかもしれないと少しだけ思った。

疲れて帰宅し、コンビニの袋を開けてプリンを食べていると、じっと佳奈を見る視線。目が合えば慌てて逸らされたが、何度も盗み見られて溜息をついた。

「——萌果」

目を丸くしておどおどとする萌果を、いいから来い、と呼びつける。少し離れたところに座って上目遣いに窺う顔を見遣り、佳奈は再び溜息をついた。

「物ほしそうに見てんじゃねえよ。食いにくくて仕方ねえわ」

言って、スプーンを刺したプリンを目の前に置いてやる。萌果はプリンと佳奈を戸惑ったように見比べた。

「やるよ。食いたかったんだろ」

萌果はしばらくプリンを見つめたあと、そろりと手を伸ばした。如何にも人慣れしていない野生動物的な振る舞いだった。口に含んだ瞬間に手が飛んでくるのではないかと恐れてでもいるのか、長く逡巡《しゅんじゅん》した挙げ句、ようやくスプーンを口に運んだ。

がっついているというわけではないがせかせかとした動きで手早く食べる。あれほど食べたそうにしていた割に、おいしいとも言わないし、にこりともしない。

(何を考えてんだか)

シュークリームを囓りながら見ていると、萌果がプリンをあっという間に食べ終えて——元々、半分以上は佳奈が食べたあとだった——今度は熱心にシュークリームを見つめてくる。

仕方なく割って渡してやると、齧歯《げっし》類のように頰に詰め、あっという間に退散していった。それを見送り、佳奈は灰皿を手繰り寄せる。煙草に火を点けて緩くふかした。

……萌果の笑顔などは一度も見たことがない。萌果は佳奈から距離を置き、常に警戒するように佳奈の一挙手一投足を注意深く見つめている。叩くことを控えても少し手を挙げる素振りをすればびくついて怯え、それがまた苛立ちを誘った。舌打ちすれば余計に震え、体を小さくして縮こまる。そのあからさまに弱々しい振る舞いが佳奈の神経を逆撫でした。

思えば幼い頃の佳奈もそうだった。不用意に近づけば暴力を受けるので、なるべく視界に入らないように気をつけながら息を潜めて暮らしていた。そんな佳奈を見て怒り出す真砂子のことを理不尽だと感じていたが、なるほど今なら分かってしまう。

弱い奴が悪いのだ。

萌果の手足が伸び、小学校に入学する頃には、ぞっとするほど佳奈に似ていた。父親が誰なのか未だに分からないが、本当にそのＤＮＡが混ざっているのかと思うほどに、自分にばかり似ているのだ。

萌果が相手の父親に似ていればまだ良かったのかもしれない。まるで目の前に幼い自分がいるかのようで、ただただ恐ろしかった。

同時に奇妙な憎らしさも芽生えた。それは、萌果が他人に褒められている姿を見たときだった。

家にいる限り、佳奈といる限り、萌果が褒められるということはない。自尊心、あるいは自己肯定感を育む土台はないように見えた。しかし、人から褒められ頭を撫でられた萌果は戸惑いながらも嬉しそうに、どこか得意げな顔をしてみせた。それが佳奈の癇に障ったのである。

帰宅して早々、調子に乗るな、と頰を張り飛ばした。そのときの萌果は、あまりにも理不尽な暴力に呆然として佳奈を見ていた。

「つけ上がってんじゃねえ」

そう言う佳奈に萌果は瞳を潤ませながらも反抗的な目をした。今回のことはさすがに、萌果としても許容外の暴力だったのだろう。その雄弁な目がまた、佳奈の怒りを煽る結果となったのだ。

「生意気なんだよてめえは！　調子に乗りやがって、誰のおかげで生かされてると思ってんだ！　ああ？」

無性に腹が立ち、叩いても蹴っても怒りは治まらなかった。――何がそれほどまでに佳奈の逆鱗《げきりん》に触れたのか、佳奈自身にも知りようがない。怒りは混乱の中にあり、混乱は佳奈が沈めて蓋《ふた》をしてきた感情の坩堝《るつぼ》でもあった。どうしてだかそのとき、佳奈は真砂子の言葉を思い出していた。

（あんたなんか産むんじゃなかった、あんたがいるせいであたしはこんなに苦労してるんだ。あんたさえいなきゃ、あんな男と一緒になることもなかったのよ。あんたさえ孕《はら》まなきゃ、そしたら今頃はもっと幸せな暮らしができてたんだ。あんたさえいなきゃ、あんたなんか――）

「死んで当然の命をあたしが拾ってやってんだよ。お前に価値があると思うな。のぼせ上がるんじゃねえ。あたしにもっと感謝しろ、あたしがいるからお前がいるんだ。分かってんのか？　お前なんか、あたしがいなきゃ生きてないんだ！　ひとりで勝手に産まれて育ってるような顔してんじゃねえぞ！」

めそめそと泣く萌果を横目に、治まらない苛立ちのまま煙草に手を伸ばし、佳奈はふと思いついた。

「……分からせてやる」

萌果の腕を引き、火の点いた煙草を押し当てると、萌果は激しく泣き喚いた。うるさい、とまた叩けば、全身をぶるぶると震わせて怯えながら啜り泣く。その様子を見て佳奈はやっと溜飲が下がるのを感じた。

――これは当然の報《むく》いなんだ。

佳奈は叩かれて育った。萌果と同じくらいの年頃のときには、よく頬を腫《は》らしていた。尻を何度も叩かれ、じくじくとした痛みに眠れない夜を過ごしたこともある。そこで泣き喚けば真砂子は確実に、今度は素手でなく得物を持って佳奈を懲らしめにくると分かっていたので、いつも声を殺して枕を濡らしていた。

そうやって育ったのだ。だから萌果が同じ目に遭うことは、何も不思議なことではない。萌果は驚くほど自分に似ているから。自分がされたことと同じことをされるのは至極当たり前のことなのだ。……いや、寧ろそうでなければおかしい。

自分が呑まされてきた地獄の煮え湯を萌果も呑むべきで、自分の味わった責め苦を萌果も味わうべきなのだ。この小さな自分に余さず継承させなければならない。そうでなければ、どうして自分だけ辛酸を嘗《な》めて生きてこなければいけなかったか、整合性が取れなくなってしまう。

暴力による痛みも、火傷の灼熱《しゃくねつ》も、精神を踏みにじられる苦しみも、自分が受けて育ってきたからこそ容赦なく人に与えることができた。

——あたしはこれを乗り越えた。お前もこれを糧《かて》にしろ。思い知れ。

萌果は佳奈にとって何の罪もない子どもではない。自分のもとにわざわざ生まれてきた、そのこと自体が重罪で、佳奈は罰を与え続けなければいけなかった。

……それでも、本気で殺そうと思ったことはなかったのだ。

いつからか恨みがましい目で佳奈を見るようになった萌果が、その日、堪えかねたように口にした反抗の言葉。

萌果の口から発せられた「死んじゃえ」という言葉は佳奈を深く抉《えぐ》った。

——お前もあたしを否定するのか。

何ら奇妙なことではない。暴力を振るうのみならず、衣食住の世話すらも怠り始めた者を保護者と呼ぶことなどできないだろう。そんな同居人を慕うはずもなく、日々の仕打ちに恨みや憎しみが醸成されていくことなど分かりきっている。

しかし佳奈には我慢ならなかった。誰からも忌まれ、己の分身のような存在からも否定され死を乞《こ》われることは——自らの招いた結果といえども——到底受け入れられるものではなかったのだ。

咄嗟に拒絶し突き飛ばした手は怒りでなく恐怖に震えていた。いつもの苛立ちによる動きではなかったからこそ、その力に加減ができなかった。萌果が家具に頭をぶつけ、目がぐるりと上向いた瞬間に感じたあの苦いような気分。

忘れたかった。必死で忘れようとした。

佳奈の罪が確定したあの瞬間のことを。

存在が入れ替わったところで、罪を犯したのは佳奈であり、萌果ではないこと。

娘はどこまでも無辜《むこ》で一から十まで犠牲者でしかなかったこと。

自分の分身などではなく、違う個と性格を持ち、社会にひとりの人間として認められた存在であること。

娘への恨みは単なる責任転嫁で、本当に殺したいほど憎んでいたのは自分自身で、そのくせ他人に生きることを承認してほしいと渇望していたこと。

萌果という存在は佳奈の人生における大きな罰であり、同時に佳奈と社会を結びつける懸け橋でもあった。

それを自ら断ち切ってしまったのだから、社会から弾き出されてしまうのも当たり前のことなのだ。

（あたしは赦されたかった）

自分という人間を、生きていることを、その存在を認められたかった。

ひょっとすると萌果はその願いを叶《かな》えることのできる存在だったのかもしれない。

愛されなかった自分の代わりに愛することができたなら、娘を通して自分も社会に認められていたのかもしれない。

……分からない。代償行為は結局どこかで綻びを生む。正しさは誰にも担保してもらえない。それにしたってもう少しくらい、最善の道を選ぼうとするべきだったのか。

――罪に対する一番の贖罪とは、誠実に生きて死ぬこと以外にないと思うのです。

齋藤の言葉がふと甦る。

誠実に生きて死ぬ。簡単に言ってくれるものだ。……そんなことができるのなら。

どうしようもないクズだとしても、これから心を入れ替えて誠実に生きていくことができさえすれば、赦されるとでも言うのだろうか？

真人間になれば、罪を悔いて善人になってしまえば、過去の罪は帳消しになるのか？

いや、そんな都合の良いことがあるはずない。

現に萌果は恨みがましい顔をして佳奈を睨んでいた。

クローゼットの取っ手にハンカチを結びつけ首を括《くく》り――力なく座る佳奈の前にしゃがみこんで、少女は幼い眉を険《けわ》しく寄せている。

呼びかけようにも佳奈の声は出ず、手はぴくりとも動かない。

幻聴が聞こえ始めてからとんと見なくなっていたが、久々に出たのだと思った。

『また、わたしを殺すの』

幼い声が佳奈をはっきりと非難した。

ああそうか、と霞《かす》む目を瞬かせながら佳奈は思う。――そういうことになるのか。

『お母さんはそんなにわたしが嫌いなんだ』

子どもの瞳が潤み、音もなく両の目から涙が零《こぼ》れ落ちる。

『ひどいよ。どうして？』

実体のないその涙は床に滴《したた》ることもない。

『どうして大切にしてくれないの？』

そんなのこっちが訊きたいよ、と佳奈は思った。

どうすれば人に優しくなれるのか、どうすれば人を大切にできるのか、本当に分からないのだ。

『殺されるのは、いや』

鼻を啜りながら子どもが訴えてくる。

『死ぬのはいやだ！』

わっ、と子どもが泣き崩れて顔を覆った瞬間、何も見えなくなった。

暗くなった視界と腕の痺《しび》れ、首の痛さを自覚する。

――佳奈は顔を上げた。

目の前にあるのは机である。

思わずポケットを探った。中にはしっかりと折り畳まれたハンカチが――なかった。そもそも佳奈にはハンカチをポケットに入れて携行するお行儀の良い習慣などない。

泣き疲れ、酸欠になってそのまま意識を失っていたのだ。

走馬灯のような過去の記憶も、萌果の姿も、首を括ったことすら、すべて夢だったということになる。

（萌果は死んだ）

今更のようにその事実を噛み締める。

(化けて出てくることなんかない。あたしの罪悪感と無意識、深層心理とかいうやつだ)

しかしその無意識に改めて教えられた。

佳奈が今の状態で死を選べば、自分だけでなく萌果という少女の存在もまた殺してしまうということを。

萌果が本当にそのことを嫌がっているのか、それは分からない。

なにしろ、殺されるのは嫌だと、死ぬのは嫌だと叫んでいたのは、どうも佳奈自身のような気がしてならなかった。

(あれがあたしの、本心……)

他人に咎められたとしても、幻聴に死を唆されたとしても。誰にも覆すことのできない佳奈の本音を、少女は叫んでいた。そうして思い返してみると、幻覚として時折姿を見せていたあの子どもは最初から萌果ではなく、幼い佳奈だったのかもしれない。

不思議にすっきりとしたような穏やかな心地で、佳奈は静かにそう思った。


机に向かってぼんやりと座っていると、芳恵が夕食に呼びにきた。もうそんな時間かと思いながら、緩慢に立ち上がる。

「萌果ちゃん、大丈夫?」

心配そうに訊ねてくる芳恵に頷き、まじまじとその顔を見返した。

人の好さそうな初老の女。この雰囲気にはずっと見覚えがあった。しかし記憶と照らし合わせてみれば雪乃ではない。

「なあに、どうかした？」

優しげに笑う顔をじっくりと見て、それからようやく、ああ、と思い至った。

似た女を知っている。決して佳奈を救ってはくれなかった、慈悲深い女だ。佳奈の厭な記憶の中に棲《す》む老女は、ひたすらに孤絶感と苦い印象ばかりを与えてくる。泥濘《ぬかるみ》に埋《うず》もれるような惨めさばかりを想起させるのだ。

だから、なのだろう。無意識に芳恵とその老女を重ねていたから、言いようのない苦手意識が胸に巣喰っていたのだ。佳奈は妙に納得していた。

この胸の内にはそれと理解していないトラウマがまだいくつも眠っているのだ。忘れたふりをして奥深くに沈めたそれが、なかったことにしているつもりの事柄が、佳奈の表層に強く影響を及ぼしている。だからひとつひとつ焦点を当てて見つめ直さなければ意識することもできない。

雁字搦《がんじがら》めに巻かれたその鎖を丁寧に解いていけば、なんということもないものだってある。芳恵はあの人ではない、そういう単純な認知ひとつで氷解する類いの苦手意識を持ち続けていたのだと理解できた。

配膳《はいぜん》の手伝いをして食器を運び、スープをよそった皿を運ぶ。すっかり油断していて、熱々のスープが少しばかり手に掛かった。

「熱っ……」

皿を慌てて置き、手を引っこめる。庇うように手を握りこんで、佳奈はしばらく呆然とした。

丈治が驚いた顔で佳奈を見ている。芳恵もまた、手を止めて同じように凝視していた。

「……あ」

喉に手を当て、おそるおそる発声を試すと、少し掠《かす》れた弱々しい声が声帯を震わせる。

佳奈はいつの間にか、声を取り戻していた。

＊

――温かい雰囲気で誰にでも優しくて人気者の人格者がいるとするだろ。そいつは寂しくて哀れで弱くて小さい者の味方だ。周囲にろくな大人がいないとか、親とうまくいかないとか、見放された奴にも慈悲をくれる。

受け入れてくれて。時に諭してくれて。でも決して頭から否定したり、言葉や態度で殴ったりしない。だからみんな大好きだ。慕われてる。そいつといると気持ちが楽になるって、みんなが甘えてる。

……あたしも、と思う。あたしも受け入れてもらいたいって。抱きしめてもらいたいって。胸に溜まったモヤモヤを吐き出して、凍ったものを溶かしてほしいと思う。

辛かったね、苦しかったね、頑張ったね、もう大丈夫。そう言ってほしい。みんなのように甘えさせてほしいと、期待する。

でも、自分からはなかなか言い出せない。受け入れてもらえると思えないから。そういう実績がないからだ。

優しいそいつの周りには甘えたガキがごろごろいる。いつもだ。だから普段は相手にされない。忙しいからな。そいつのほうから声を掛けてくれるということもない。まあ、単純に手が回らないんだよな。だから、側に誰もいないようなタイミングを窺って、一対一で話せる時間を探すしかない。

意を決して、そいつに声を掛ける。おずおずと遠慮がちに。優しく受け入れてほしくて。でも、核心的なところが口に出せない。

はっきり言えないが、あたしは思う。何があったの、どうしたのって訊いてほしい。自分に興味関心を持ってほしい。打ち明けて楽になる許可をくれって。

話したいけど自信がない。そう思いながらそいつの前でまごまごする。言葉を濁して、言いあぐねる。するとそいつは、困ったように言う。

『言いたいことがあるなら、はっきり言ってごらん』――どうも迷惑そうだ。あたしはさらに口ごもる。

そうやって立ち尽くしていると、どこからかうるさいガキがやってくる。元気で明るいガキだ。ただいま、ってな。

ねえねえ聞いて、今日こんなことがあった、あんなことがあった、どうだったこうだった。訊かれてもないのに一方的にマシンガンみたいにまくし立てる。そうするとな、優しいそいつは、にっこり笑ってうるさいガキの話を聞いてやるんだ。

ガキはその後もたっぷり自分の話をして、しんどいからサボって寝ていいか、なんて言う。いいよ、とそいつは言う。ちょっと呆れたように笑って我が儘を許す。

……急に脇に置かれて『いないもの』になっちまったあたしは、ぼんやりと一部始終を見守るんだ。

それで気づく。あたしの期待は全部無駄なものなんだってこと。そいつの優しさはあたしのためにはないんだってこと。誰からも好かれる、慕われる、そいつにすら受け止めてもらえない。あたしって一体何なんだろうな、って思う。

結局は言ったもん勝ちなんだ。自分で言える奴、ぶつかれる奴、そういうのが得をする。それになんだかんだ、手のかかるガキは可愛い。いい子でいようとする奴より、憎めない程度に周りを騒がせて振り回して暴れまわってるような奴のほうが、楽しくて面白いわけだ。自分でろくに何も言えないような、何考えてんだかワケわかんねえうじうじした奴は気味が悪いし、いないのと一緒。ゴミみてえなもん。

……そんで、ショックを受けながら一人で考える。『あいつは偽善者だ、クソだ！』ってな。それは一部正解で、一部不正解なんだろう。恨み節だからな。でも、大袈裟な言い方をするんなら、神にも見捨てられたような気分がするわけだ。

『あたしって可哀相！　世界から見放されてる！』ゼロかイチかの振り幅で生きてるからな。

——世界って奴も神って奴も、あたしに積極的に死ねとは言わねえんだ。そもそも眼中にないからな。何もないところに何かを見出した挙げ句、その存在を否定するなんて、最上級にどうかしてるだろ。だから、網目から零れ落ちてる存在なんだよ。

そう考えると、無性に腹が立ってくんだろ？　なんなんだ、って。あたしが生きてようが死んでようが興味ねえって話なら、誰が死んでなんかやるもんかって。上等だ、やってやろうじゃねえか。あたしはここにいる。そのことを、お前らにあいつらに、思い知らせてやるんだよってな。その結果が……。

なあ、それでも、あたしは生きていたいよ。そう思っちゃ駄目なのか。

終章

1

佳奈が声を取り戻してから丈治と芳恵の夫妻はいたく喜んでくれた。良かった、とふたりから言われて複雑な心持ちになりながらも頷けば、寮のできる範囲でお祝いをしたいという話になり、ささやかなご馳走《ちそう》をふるまわれた。

「大したことできないけど、少しでも萌果ちゃんの思い出に残ればいいなと思うわ」

ふたりからの好意は最早疑いようもない。入寮した子どもを思いやる温かな姿勢は今、確かに萌果へと向いていた。萌果がこれから成長して、トラウマをすべて克服することができないとしても、家庭の温かさを知らない子どもの助けをしてやろうという優しさや誠実さはまっすぐに伝わる。

敢えて悪態をつくこともなく、憎まれ口を叩くでもなく過ごせば、話せなかったときと同じ温度感でそのまま過ごすことができた。仮に、何かの弾みでひどい言葉を口にしたとしても、このふたりなら逃げずに向き合ってくれるのではないかという感覚もある。その感覚こそが信頼というものだろう。

本来なら、この優しさも温かさも信用も、すべてが萌果のために用意されているはずのものだ。それを佳奈が代わりに受け取っている。受け取るべきではない、子どもではない、佳奈が。

——自分はここにいるべきではない。

改めて佳奈はそう強く感じる。

なぜならこの学園は逸脱した子どもたちが社会に馴染むためのものだからだ。自らの過ちを認め、正し、周囲の人々と調和できるように社会性を育むことを目的としている。

この場所は佳奈のための場所ではないのだ。

「あたしはここにいちゃいけないと思ってる」

そう言うと、齋藤は興味深そうに目を瞬かせた。

「ここにいたくないとか、抜け出したいとか、そういう意味でなく？」

「いるべきじゃない。……無理に脱走しても連れ戻されるだけだし迷惑掛ける。そうじゃなくて普通にここから出るには、あたしがもう大丈夫だって判断してもらう必要があるんだろ」

齋藤との面談で声を出して会話するのは、しばらく違和感が強かった。今ではもうすっかり慣れたが「初めて声を聞きましたね」と言われたときなどには、どう反応するべきか迷ったものだ。

「最終的な退所時期は児童相談所と話し合いながら決めるのだと思いますが、羽山さんの場合、少なくとも中学卒業まではここにいることになるでしょうね」

「あと三年も?」

「はい。羽山さんには身を寄せるべき家もありませんし……退所後は養護施設か、自立援助ホームか、あるいは里親家庭かということになるでしょう。それを踏まえても、まず羽山さんは前歴ありですから、すんなりと退所はできないと思いますよ」

そうか、と佳奈は沈思する。やはりどうあっても己に課されたものは真っ当に果たさなければならないようだ。今まで逃げ続けていたことに向き合い、見つめ直していかねばいけないのだろう。

「寮長先生たちには相談しましたか?」

「まだ……」

「そうですか。――退所を視野に入れるのなら、私たちはあなたに対して様々なリービングケアを行っていく必要があります。退所のための支援ですね。個人が抱える課題の解消、退所後にどうしていくか、さっきも言ったような住環境の準備や進路に関しての決定、それから贖罪」

贖罪、と佳奈は口の中でちいさく反芻《はんすう》する。齋藤が頷いた。

「元々贖罪教育は少年院に導入されていたものです。といってもそう長い歴史があるわけではなく、二〇〇〇年代に欧米から取り入れられたプログラムですが。このカウンセリングも一応その範疇ではあるんですけどね。要《かなめ》となるのは被害者の声を聞き想いを知り、認識や理解を深めることにあります。被害者に宛てた手紙を書くということもしますよ。相手に届けるつもりで書きますが、実際に届けられることはありません」

「なんで?」

「最初の頃は特に独善的な内容になりがちですから。被害者にとって神経を逆撫でするようなものになりかねません」

言われて佳奈は納得した。プログラムの一環で書かされた手紙など、表面的な謝罪や後悔に留まり、それどころか自己保身的な内容になるかもしれない。被害者がそんな自己満足的な懺悔を受け取ってやる道理はないだろう。仮に殊勝《しゅしょう》な言葉が綴られていようとも、よっぽどのお人好《ひとよ》しでなければ、誠意を伴う本心からの言葉として受け取ることなどできない。

「少年犯罪に関しては、修復的司法、という考え方があります。この取り組みでは、犯罪に関わる当事者たちが一堂に会して、主体的に対話をしながら解決の糸口を模索していくというようなことが行われます」

犯罪に際し、国家が加害者に刑罰を与えるというのが刑事司法であり、従来のやり方である。これに対して修復的司法では当事者同士の問題解決を肝としている。加害者と被害者が実際に対面し、被害者が受けた傷を回復するにはどうするか、加害者が立ち直り再犯を防止するためにはどうするかということを話し合うのだ。

「これも欧米からの考え方で、世界的にも注目されているものです。とはいえなかなか国内では理解を得られ難い、一部のNPO法人などに任せられているので、あまり定着しているとは言い難い取り組みです。こうした取り組みは慈善活動としてやるのではなく、もう少し国家が主体となって推進するべきかとは思いますが――ともかく、対話と相互理解は双方に対して必要なことです」

「話し合って『和解』するのか？」

「そこはよく誤解されがちなところですね」齋藤は苦笑交じりに言った。「被害者と加害者の和解と聞いて、羽山さんはどういう印象を持ちますか？」

訊ねられ、佳奈は少し頭をひねる。

「そうだな、被害者が加害者の罪を許して、円満に終わるみたいな……」

齋藤は頷いた。

「和解といえばほとんどがそういうイメージになりますよね。でもそれでは加害者にとってのみ都合の良い話です。被害者からは忌避感が強い。自分の被害をケアしてもらう前に、加害者のケアを要求されているのと同じような話ですからね」

昨今では特に被害者に対するケアの不十分さが目立ち、問題視されている。本来は被害者も加害者もきちんとケアされるべきだが、被害者のことはおざなりで加害者は放免されるというケースも目立っていた。その状況で和解などと言われれば、反発されるのは当然のことだ。

しかし修復的司法は和解を目的としているのではない、と齋藤は言う。

「許しは強要されるものではありません。刑事事件には時効がありますが、人の心に時効はありませんからね。何をしようと、時間がどれだけ経とうと、許せないものはある。そのことは被害者と加害者の双方が前提として理解しておくべき点ですね。その上で互いに対話を重ね、実情を理解していき、被害者が心から納得して初めて合意という形で対話がまとまるのです」

「対話と相互理解ねえ……」

「同調圧力や付和雷同の文化が根付いているせいか、私たちはあまり議論に慣れていませんから、なかなか大変な取り組みですが。ともかく、贖罪教育のプログラムもその流れを少し汲んでいるところがあるかとは思います。ただ、羽山さんの場合は贖罪をするべき相手がいませんから……」

齋藤がそう言い、佳奈は目を伏せる。

殺人は償うべき被害者がもうこの世にいない。遺族がいれば通常はそちらに償うこととなるのだが、佳奈の場合は遺族らしい遺族もいないのだった。

「実際に対面して謝罪する相手がいないとしても、手紙を認《したた》めてみるのは意味のあることだと思いますよ。羽山さんにもしその気があるのなら、寮に帰ったらまず相談してみてください」

佳奈は落胆を隠しきれずに息を吐く。さすがに、一年やそこらで退所できるという甘い見通しを持っていたわけではなかったが、中学卒業まで居続けなければいけないとは想像していなかった。だが考えてみれば当然のことだ。異を唱えても仕方がない。

寮に戻って丈治に齋藤から聞いたことを話してみると、丈治はいつもの鷹揚な笑みを浮かべて頷いた。

「羽山さんにはまだこの施設にいてもらうことになるだろうけど、退所を視野に入れて、目的を持って日々を過ごすのは良いことだと思う」

「……やっぱり、すぐには退所できないんだ」

「そうだね。今のタイミングで羽山さんをひとりにするのは良い判断とは言えないから。児童相談所ともよくよく話し合いをしないといけないことでもあるし」

養護施設に移るにしろ、またも環境が大きく変わってしまうことは避けられない。丈治はそれを危惧《きぐ》しているようだった。

児童自立支援施設において、一度は更生したように見える虞犯少年であっても、家庭復帰した途端に元通りになるというケースは多い。児童にとって周囲の大人や住環境がどれほど重要でどれほど影響が強いかを如実に表した結果といえる。

心配されなくとも佳奈は子どもではない。だがその話は世間一般的に通じるものではないので、結局は責任者たちから下される措置を甘んじて受けるしかないのだ。

「そういうことならまず、小学校卒業のタイミングで普通寮に移動して集団生活に馴染んでいくことを目標にしようか」

集団生活、と聞いて佳奈は顔を顰めつつも仕方なく頷く。丈治は笑った。

「大丈夫。この寮を出ても、いつでも僕たちを頼ってくれていいから。寮で起きたことはその寮の先生に相談するのが一番だけどね。言いにくかったら誰でもいい。どんな些細なことでも。寮の子と馴染めないとかそういう相談でもなんでも聞くからね。……芳恵が」

言われて、芳恵は丈治のほうをしらっと一瞥してから苦笑する。

「もちろんこの人も聞くわよ。あたしに話しにくかったらこっちに聞かせてちょうだい」

「僕は繊細な悩みに関していまいちでね。特に女心が分かってないとはよく言われる」

「その評判は当たりだわね。とにかく、何かあったら周りの大人を頼っていいのよ。ね？」

どこか押しつけ合っているようにも聞こえるが、それが穿《うが》ちすぎな見方であることはなんとなく分かっている。微笑む芳恵を見返して、佳奈は僅かに口角を上げた。

「ありがとう。ヨシエさん」

呼ぶと芳恵は少し驚いた様子で目を丸くし、それから「どういたしまして」と目尻の皺を深くする。佳奈は頷き、再び丈治を見た。

「それで、齋藤……さんから聞いたんだけど、贖罪の手紙を書こうと思う」

「なるほど。良い心懸けだね」丈治はすぐにそう肯定した。「手紙を書くなら、ロールレタリングがいいだろう」

「ロールレタリング？」

「役割交換書簡法って言ってね。たとえばあたしに手紙を書いたとしたら、次はあたしの立場になって自分自身に返事を書くの。そうやって相手の立場になりきって手紙のやり取りをしてるふうにするのよ」

役割交換書簡法は贖罪教育とはまた異なる来歴を持つ、日本発の手法だという。贖罪よりもセルフカウンセリングの意味合いが強く、手紙を出す相手に対する率直な感情をぶつけることが肝とされている。

詳しいことは齋藤さんのほうがよく知ってるわねえ、と芳恵は付け加えた。

へえ、と漠然とした理解をしながら瞬く。そうしているうちに丈治がレターセットを持ってきてくれた。

「何か決まりとかあるの」

「そうだね、役割交換のときに数ヵ月空けるとか、三往復くらいするとかあるみたいだけど。まあ適当でいいと思うよ」

「適当って……」

「形式に拘っても仕方ないさ。書けば書くほどいいってものでもないし。自分の中で納得できるんだったら、べつに一往復でもいいんだ。満足するまで好きに書くのがいいんじゃないかなあ」

評価基準のない曖昧なことを言われるとどうしても佳奈は面食らってしまうが、だいぶ慣れてはきた。この手紙もまた自身の心の整理に使われるもので、更生したかどうかという判断とは別のところにあるのかもしれない。

「君と、君の中にいるお母さんと、手紙でじっくり話し合ってみてくれ」

言われて佳奈は少しだけぎくりとした。

(元々あたしと萌果は役割が替わってる)

本来は母親である佳奈が娘の萌果を殺したのだが、現状では娘の萌果が母親の佳奈を殺したということになっている。つまり手紙を書く場合、佳奈は萌果として『殺した母親』とやり取りをしなければいけないということか。

(萌果としてあたしに手紙を書く……)

ロールレタリングとしては返事で役割を交換する流れとなるはずだが、佳奈の場合は最初から相手の立場で手紙を書くことが求められた。

――萌果が自分をどう思っているのか。

そのことへ向き合わなければならない。

2

萌果として手紙を書こうとは決めたものの、取っかかりが得られないまま、佳奈は机と便箋《びんせん》にただ向かい合うだけの時間を何日も過ごしていた。考えれば考えるほどに思考は空を掻く。蟻地獄《ありじごく》の巣へ引きこまれていくかのようだった。

佳奈には萌果が考えていることなどひとつも分からない。それを想像して書くのは如何にも困難だった。

とはいえ、容易に想像できることもある。佳奈を恨んでいるだろうということだ。

萌果が佳奈を正当防衛で殺してしまったとして、悔いることはあるのだろうか。悲しむことがあるだろうか。清々したと思うのではないか。暴力から解放されて自由になったと。もしくはいきなり束縛から放たれひとりになったことで戸惑うこともあるだろうか。

『お母さんへ』

ひとまずその一文を書き、手を止める。

(萌果はあたしに何を言いたい? 話したいことなんてあるのか?)

眉を顰め、奥歯を噛み締めながら、言葉を頭から絞り出す。

『わたしはお母さんがきらいです。だから』

鉛筆を握る指は細かく震えていた。

『死んでくれてよかったと思っています』

そう書いた瞬間にふっと指から力が抜け、鉛筆が逃げるように落ちて転がった。

額を押さえて片手で顔を覆い、深く溜息をつく。

——当然、萌果はそう思っているはずだ。現にあのとき死ねと言ったのだから。でも。

頭の中にまた存在しない声が聞こえてきそうな気配がして、佳奈は大きく深呼吸した。

腕を上げて強張った肩をほぐし、伸びをしてみる。

荒れそうになった気分はひとまず落ち着いたものの、逃げた鉛筆を追いかけて摑み直す気力が湧かず、その日の手紙はそこで終わった。


「贖罪をしようと思う心懸けだけでも立派だわ」

浮かない顔をする佳奈に、芳恵はそんなことを言った。

「……べつに、自分からしたいと思ったわけじゃない。退所に向けて必要なことだって聞いたから」

「それでも悩みながら真剣に向き合ってるんでしょ。その姿勢が大事よ」

うん、と丈治も頷く。

「誰に見せるものでもないし、思ったことをそのまま書いたらいいよ。こういうことは書いちゃいけないなんて考えてると手が止まってしまうからね。日記帳みたいな感覚でさ」

佳奈の複雑な事情など知る由もないふたりからのアドバイスがどれほど役に立つのかというと、微妙なところではあった。しかし実践的かどうかはさておいて、こうして考えてくれること自体は嬉しく思う。

丈治と芳恵は、佳奈が贖罪をすると言ったとき、茶化すことなく受け止めてくれた。

これがもし小川なら大袈裟に喜び「やっと先生の気持ちが通じたのね。羽山さんなら、きっと改心してくれるって信じてたのよ。分かってたもの、あなたが根っから悪い子じゃないってこと。分かるわよ。環境のせいでひねくれてしまってただけなのよね」と余計なことを言っただろうし、志木なら——極力あの男のことは思い出したくないが——嘲笑混じりに「今更そんな反省したふりしてどうしたんだ？　お前に良心なんてものがあるとは信じられないな。どうせ点数稼ぎ、反省したふりのポーズだろ」と煽っただろう。……こんな想像に関してはスムーズにできた。

身から出た錆《さび》、佳奈の振る舞いで与えた印象のせいといえばそのとおりだ。けれどもそれだけではないだろう。

ここ実吉野では、丈治も芳恵も佳奈に対してこれという決めつけを持たない。何かしようと思うと言えば「いいと思う」という軽い調子の肯定をくれて、変に期待も否定もされない距離感がちょうどよく感じた。

適当なようで無関心ではない。気に掛けてフォローもする。そういう距離の取り方をするのは難しいことだ。ともすれば冷たくも感じられる。突き放されているかのようにも。決して雑に対応されているわけではないと思えるのもやはり信頼の成せる業なのか。

（ここにいるのが萌果だったら、退所するまでに育て直しがうまくいったのかもな）

子どもの柔軟さで良い影響を吸収して成長できるはずだ。佳奈には伸びしろがないからそうはいかないが。

〔……いや、あたしだって変わったんじゃないか〕

ふと頭の中にそんな声が閃《ひらめ》いて、佳奈は瞬く。

〔大人だって考え方が変わることくらいある。成長したかどうかは分かんねえけど〕

ぶっきらぼうな独白はそう言った。

たまに起こる無意識の自問自答——幻聴とは少し性質の異なるその声は、主に否定的な意見を形にしていた。佳奈が何かを考えるとすぐ、莫迦みてえ、無駄だ、やめとけ、と頭の中で散々貶《けな》してくる自動的な思考。それがいまやフォローにまわるようになったのだから、確かに何かが変わったのかもしれない。

自分も、ちょっとずつは前進しているのかもしれない。

などとポジティブなことを考えれば、また机に向かおうという気にもなった。

死んでくれてよかったと思っています——、そこから続く文章を考える。

『お母さんがいなくなればまた叩かれるんじゃないかと心配する必要もないし、夜だってぐっすり眠れるようになります』

萌果が怯えながら寝床についていたかどうかは知らない。

『お母さんの顔を見るたびに、今日は何をされるかと思わずにはいられませんでした』

目が合うたびに体が強張り、背筋に緊張が走る。

『わたしの何がお母さんを怒らせるかは分からないことだし、大体はお母さんの気分次第だから』

顔が気に食わない、そういう理由で物か手が飛んでくる。

『あなたはわたしの何もかもが気に入らないから、何かと理由をつけて叩かずにはいられなかったんでしょう』

何もかもすべてが憎らしかったから、すべて奪おうとしたのだろう。

『生まれてくるべきじゃなかった、でも産んでしまった以上は仕方がないから、せめて役立つようにこき使おうとした』

産んでなかった場合のことを考えては、理想と現実の差に打ちのめされ惨めになっていたのだろう。あまりにも許し難くて、手を出さずにはいられなかった。

『きっとあなたはわたしを一生しばりつけ、手足代わりに働かせ、ただ自分をあわれみながら老いていったのだろうと思う。そしてきっと死期が近づいたころに突然良い人になって、あのころはすまなかったねえなんて口先だけ謝罪して、自分の人生をきれいに清算しようとしていたかもしれない』

――あたしのこと恨んでるの。そうだろうねえ。ごめんね、許してちょうだいね。あたしもあの頃はほら、精一杯だったから。旦那《だんな》に逃げられ女手ひとつで子どもを育てる大変さ、分かるでしょ？　だけどあんたが働いて支えてくれてどんなに助かったことか。ありがとうね。……産むんじゃなかったなんて言ったことがあった？　そうね、口を滑らせたことがあったかも。だけどあたしは今、あんたっていう娘がいてくれて良かったと思ってるよ。こうして世話までしてもらって……。

『もしかするとわたしはあなたの気休めの言葉にほだされたかもしれない。でもそれは、自分の一生を棒に振って尽くすこととつりあわない。わたしがどんなにあなたから逃げようとしても、あなたは多分わたしをどこまでも追いかけてきていたはず。たったひとりの自分の娘、自分が唯一いいように命令できる相手、それを逃がすはずなんかない。わたしはきっとあなたから逃げ続けなければいけなかった。だから、あなたがあのとき死んでくれて、本当に心からほっとしています』

そうやって書いていて、手紙が萌果から佳奈に宛てたものではなく、佳奈から真砂子へ宛てたものとなっていることに途中で気づいた。しかし軌道修正しようという気にもなれず、佳奈はそのまま真砂子への手紙を続ける。

『死に目に会えていれば何かが変わっていましたか。あなたはわたしに対して何かを言いましたか。ごめんの一言くらいくれましたか。わたしが死にかけたあなたの病室に入っていれば、わたしはあなたを殺してその場で犯罪者になっていましたか。そうすればわたしの人生はまたちがったものになっていたでしょうね。結局わたしは誰かを殺さずにはいられなくて、それはあなたがわたしを産んだからです』

自分はどこかのタイミングで必ず誰かを殺しただろう。幻聴に指摘されたとおり、そういう確信が佳奈にはあった。人を殺すという選択肢はいつ如何なるときにも佳奈の側にあり、選び取られることを待っていたかのように思えたからだ。

『なぜあなたはわたしをおろさなかったのか？　わたしと同じで気づけばもう引き返せなかったのか？　それが本当に不思議です。今となってはもう永遠に分からないことだけど』

きっといまの佳奈が真砂子に会って話ができるなら、それを問い詰めるだろう。

産むんじゃなかったとは、自分の意思決定に対する後悔なのか。一度は産みたいと考えたことがあったのか。佳奈の命を望んだ瞬間があったのかどうか。

『とにかくわたしはあなたが憎い。一生許すことはないと思う。これだけ時間が経ってもなお、あなたに対する気持ちが薄れることも美化されることもなかった。わたしはあなたが本当にきらいで、死んだあなたに対する悲しみの気持ちなどはひとつもありません』

そう締めくくり、読み返すことなく便箋を折って封筒に詰める。

手紙を出したという体で引き出しの奥にしまいこむと、佳奈は椅子から降りて就寝の準備をした。

……顔も名前も覚えていない父親と真砂子が離婚したのはいつのことだったか。少なくともそれまでは、佳奈に対して愛情と呼べるべきものを持っていたのだろうか。

その可能性について思い巡らせたとき、青天《せいてん》の霹靂《へきれき》にも近い感覚が佳奈を貫いた。

——産むんじゃなかったという真砂子の言葉が、旦那に捨てられた結果に対するものだったら？

佳奈は布団で身を丸くしながら小さく息を呑む。

自分の幼い頃の写真などは見たことがない。アルバムひとつなかった気がする。ホームビデオだって。そういう家族の温かい思い出とは縁のない荒れた家だった。

しかし、初めから荒廃していたわけではなかったとすれば。

父親と母親と佳奈の三人で普通の家族のようにどこかへ出かけたり、誕生日にはホームパーティを開いてケーキを食べたようなこともあっただろうか？　佳奈の記憶にないだけで、写真などの記録にも残ってないだけで、佳奈を乗せたベビーカーを押しながらゆっくりと散歩するような日が一日でもあっただろうか？　——そうだとすれば。

佳奈と萌果は根本的に生い立ちが違う、ということになる。萌果には生まれたときから父親の存在がなく、愛されたこともないのだから。

悶々とした気分で日中を過ごし、教室での授業を終えて寮に戻ってきた。何をしてもほとんど手につかないような状態でどうにかやるべきことを終わらせ、机に向かう。

ずっと萌果のことを考えていた。

今までの人生の中で、一番萌果について考えていたかもしれない。萌果という存在というよりも、その内面のこと、境遇のこと、様々なことに思考を巡らせていた。

便箋を出し、鉛筆を握りしめる。書き出しは迷ったが『萌果へ』と書いた。一通目が萌果から佳奈へ宛てた手紙であれば、返信が萌果宛ての手紙となるのは自然だ。実際は真砂子に宛ててしまったので返信ではないが、誰の目にも触れないのだから多少形式が崩れていようと構わないだろう。

『私は貴方《あなた》のことをずっとうとましいと思っていた。貴方さえいなければもっと身軽だったと思ったことは何度だってある。けれどそれも考えてみれば母親からの思いをそのままなぞっていたのではないかという気がしている』

真砂子から扱われたようにしか萌果を扱えなかった。それも自分の責任ではなく、そのように育てられてしまったから仕方のないことだと思ってさえいた。

『自分自身が貴方のことを実際にどう思っていたのか、今はよく分からない』

無責任だと罵られそうだが、本当のことだ。

『私は最初から最後まで貴方のことをずっと分からないままだった。貴方の母親として在ったことは一度もなかったのかもしれない』

産めば母親となるのなら簡単なことだ。しかし養育者としての母親という概念は少なくともそういった意味合いではない。

『自分と同じ目にあうべきだと思っていた。そうなるべきだと。私は未熟な子どものままで、やられたらやり返すという考えだけを持っていた。貴方にやり返すのは単なる八つ当たりだと理解してもいなかったと思う』

振り返れば自分がどうしたかったのか、本当に分からないのだ。子どものまま子どもを産んで育てる破目になってしまった。必要な協力はどこからも得られなかった。

『今さら貴方に何を言うべきかも分からない。殺すつもりがなかったのは本当のことだけど、貴方という重荷から解放されたことは正直なところほっとしている』

困惑と解放感、それが今の佳奈の率直な感情だった。

『ずっと苦しかった。貴方を育てなければいけない、貴方という存在の責任を負うことが苦痛だった。自分ひとりの命でも満足に扱えていないのに、その上に貴方を養わなければいけないことが本当に辛くて』

産んだが最後、捨てることも手放すことも許されず、況して死なせることなど以ての外。佳奈にとって萌果はあまりに重すぎた。

『でも今、私は自分と引きかえに貴方の人生を引き受けることになってしまった。これは貴方の意思なのか？　貴方は私に何を求めているのか、どうしてほしいのか、できることなら教えてほしい。私はどうしたらいいのか。自分のしたことを悔いながら苦しみ続けろというのか、それとも貴方として生きていけばいいのか』

手紙を書いてみて初めて、想像以上に途方に暮れているのだと佳奈は自覚した。

誰かに導いてほしい、こうしろああしろと指示してほしいという思いに溢れている。他人に反発することでアイデンティティーを保っていたから、無ければ不安でたまらない。佳奈は最早、亡き娘にすら縋って己の命運を担わせ委ねようとしている。五里霧中の状態で暗中模索するのにも疲れ果てたといったところだ。

（こんなこと書いたって、結局あたしが自分で返信しなきゃいけないのに）

手の込んだ自問自答をしている。ロールレタリングとはそういうことだ。問いかけるのも答えるのも、自分でしかない。

『お母さんへ』

新しく便箋をまた一枚取り、そう書き出す。頭であれこれと考えるよりも手が自動書記のような状態で先に動いた。

『わたしがお母さんに言いたいことは特にありません』

手はあくまで佳奈の考えたことを出力する。そこに霊的な意思などはもちろん介在していない。

『自分で考えてください。わたしにしたことを人のせいにしないでください』

ここに書かれているのは萌果本人からの言葉ではない。

『過去にお母さんがされたこととわたしがお母さんにされたことは別のことなので同じに考えるのはやめてください』

佳奈の考える萌果が、佳奈に返事をしているだけだ。

『わたしにはお母さんしかいませんでした。そのお母さんがこんなふうで残念です。選べるならほかの人が良かったけどそれはできなかったから』

手は淡々と佳奈が想像する萌果の言葉を書き出した。

『お母さんがどんな人でもわたしのお母さんである事実はこれからも一生変わりません。お母さんがわたしを産んだということも育てきれずに殺したということもすべて、この先に何があろうと絶対に変わりません』

決して前向きな意味の言葉ではない。萌果が佳奈を救済するようなことを都合良く吐くとは想像していなかった。

仮に本来の萌果が聖人君子のような包容力を持って佳奈を赦していたのだとしても、想像上の萌果はそうではない。当然恨んでいるはずという想像の裏には佳奈の後ろめたさが内在しているのかもしれなかった。なんにせよ、本当がどうかなど確かめようのないことだ。

『お母さんはこれからもずっと責任を取り続けるべきです』

佳奈の中の萌果はそう言った。

『責任を果たしてから死んでください』

手はそこで鉛筆を置き、佳奈は頭上を振り仰いだ。

(あたしはずっと逃げることばかり考えていたかもしれない)

向き合うこと、正視することは恐ろしい。見たくないものからは目を背けていたほうが楽だ。

(だけど多分、向き合うことより逃げ続けることのほうがずっと苦しい)

姿の見えない何かから追い立てられるように駆けていれば体力が尽きるのは当然だった。そうなればもう、人生やこの世からも逃げ出してしまいたくなる。

(死ねば終わりだ。いっそ終わらせたかった。でも――)

そう、結局、死ぬことでは己の犯した罪を贖うことなどできない。命は等価ではなく、誰の命も代えられない。それは天秤に掛けて重いか軽いかという話ではなく、形質そのものが違うのだ。

(今のままじゃ死ぬことすら許されないんだろうな)

自死、いや、自殺はまさしく己を殺すことで、どのような理由をつけようとそれ以上でも以下でもない。

これから時が経てば、哀れな少女の存在は人の記憶から風化し忘れ去られるだろう。

しかし萌果は確かに存在した。産声《うぶごえ》を上げ、小さな手を緩らせてきた。産まれた命はめまぐるしいスピードで成長し、懸命に生きていこうとした。佳奈がいくら心の中で否定していようとお構いなしだった。

育っていく命を否定し成長を止める権利など、そもそも誰にもありはしないのだ。なのに佳奈はそれを不当な形で奪ってしまった。

そうして奇しくも、佳奈は萌果になった。

萌果がこの世にはいないということを、萌果の姿をした佳奈だけが知っている。

誰にも惜しまれず嘆かれず、大切なあの子を返してと泣く人もいない萌果は、佳奈よりもなお孤独だ。

たとえば佳奈がどれほど心を入れ替え、萌果を殺してしまったことを後悔したとして、それで死の事実が変わることは絶対にありえない。赦しのための懺悔などはただの自己満足で、負った十字架はもう二度と下ろすことができないのだ。

佳奈にできることはただひとつ。

萌果を忘れず自分のものとして引き受けながら、死ぬまで生きるしかない。結局そういうことではないのか。

またわたしを殺すの、と、萌果によく似た――子どもの佳奈がそう泣いた。己の弱さを忌み嫌い疎んじて、佳奈が最初に殺したのは幼い自分だった。

けれども自らの命ですら、本来ならば不当に奪われるべきではない。どれほど絶望していても心臓は健気《けなげ》に脈打って、体はいつも生き続けようとしている。諦めることなく最後の一瞬まで活動しようとする。……生かされているのだ。だから。

殺さない生き方をしなければならない。他人を、そして自分自身を。

3

敷地内にある桜の蕾《つぼみ》が膨らみ花を咲かせ、辺りに薄桃色を散らし始めた頃、実吉野学園の体育館で中学生児童と合同の卒業式が行われた。小学生児童は萌果のみ、あとは制服を着た中学生児童が十五名ほど集まって中央のパイプ椅子に着席した。

佳奈にしてみれば何か感慨があるわけでもない。卒業式というもの自体は懐かしく、そういえばこんな雰囲気だったな、と思うくらいだ。

主役はほとんどが中学生児童で、小学生児童の佳奈は添え物のようでもあった。ひとりしかいないので合唱をすることもないし、送られるということもない。座ってぼんやりと式次第を眺めて卒業証書を受け取り、何か一言コメントをする程度だ。

まあこんなものだろう、という感想。

短い期間ではあったが分教室で世話になった教員に礼を言い、佳奈はあっさりと小学校を卒業した。

……萌果であれば、少しは卒業というイベントについて思うところがあっただろうか。

そんなことを考えながら引率されるまま寮への道程を歩く。晴れ姿を見に来た保護者という存在もないので、まっすぐ帰るばかりだった。

遠くで少し浮かれたような声を聞きながら、手提げに目をやる。なかなかに重い卒業アルバムと、卒業証書を収めたブックケースが入っていた。

希望すれば前に籍のあった学校の卒業証書や卒業アルバムをもらえるという話を聞いて、迷ったが佳奈はそれを頼んでおいた。証書はなんでも良かったが、アルバムがほしかった。寄せ書きのあの子ども——村山千尋のことを一目見てみたかったのだ。

歩きながらアルバムを取り出し、六年一組のページを開く。十人十色の子どもたちの顔がずらりと並んでいる。緊張したような仏頂面から快活な笑顔まで、いろんな表情があった。

その中でひとり付け足された萌果は、明らかに暗鬱《あんうつ》な表情をしている。学校行事の何かで撮った写真を再利用されているのだろうと思うが、やはり明るい顔など一切していない。

自分に似てはいるが、これは正真正銘の萌果の写真だ。佳奈はその顔をそっと指でなぞる。

——萌果の生きた証《あかし》が此処にある。

少なくとも同じアルバムをもらった子どもたちは、いつでもこの萌果を見返すことができる。印象の薄い少女であっても、記憶に残らないような同級生であっても、アルバムを手放さない限り、忘れてしまわない限りは何年後でもこの顔を見ることができるのだ。

そして思うかもしれない。萌果はどうしているだろうか、元気だろうか、と。

誰かが萌果のことを少しでも考えた瞬間、人の記憶の中で萌果は息を吹き返す。だから生きた記録は必要なのだ。佳奈はそう思いながら、子どもの顔をひとりずつ見ていく。

件《くだん》の村山千尋は如何にもおとなしそうな顔をした少女だった。ぼんやりとした奥二重の目も、それほど高くはない鼻も、際立った特徴のないどこにでもいそうな子どもだ。これから中学生となり成長していく中で、どんなふうにでも変わるだろう。少女の中から萌果のこともいずれ消えてしまうかもしれない。それでも、佳奈は彼女を覚えておくことにした。


カラタチ寮に帰ると、中の装いは少しばかり華やかに飾りつけられていた。

「萌果ちゃん、卒業おめでとう」

玄関先で出迎えてそう言った芳恵に、ありがとう、と返す。奥から賑《にぎ》やかな話し声が聞こえてきて訊ねれば、同じく卒業した中学生児童たちが何人か来ているらしかった。

「ちょっと騒がしいかもしれないけど、御免なさいね」

この特別寮は児童が初めに世話になる寮だという話だったか。中学卒業と同時に退所する児童が最後に礼を言うためふたりを訪ねているとのことだ。

談話室で児童に囲まれながら穏やかに笑う丈治の姿を佳奈は離れて眺める。話しながらこちらに気づいた丈治が小さく手を挙げ、佳奈は軽く会釈をして部屋に入った。

人望が厚く、大勢の人間に囲まれてちやほやとされるような人気者には苦手意識があった。——丈治や芳恵に対してはそう思わない。決して蔑《ないがし》ろにはされていないことが分かる。だからああやって、児童も最後に世話になった礼を言いに来るのだ。

訪問者の波が収まり夕暮れ時になって部屋を出れば、賑やかな会の後片づけをするふたりの姿が目に入った。手伝う、と声を掛けて食器などを運ぶ。ありがとう、と返す丈治は少し寂しげだった。

「見送るのはやっぱ寂しいもんなの」

訊けば、微笑を浮かべて丈治が言う。

「巣立ちを見送るのは嬉しいことだよ。まあね、ちょっとだけセンチメンタルな気分になっちゃったりするけど。……退所してうまくやっていってくれたらいいんだけどね。戻ってきちゃう子もそれなりにいるから、僕らは願うことしかできない」

「信じて送り出すしかないのよねえ」

芳恵も言って、それから佳奈を見た。

「萌果ちゃんもついに普通寮で生活することになるわね。寂しくなるわ」

「普通寮に行っても、いつでも僕らを頼ってくれていいよ。芳恵が寂しがるから」

「あなたもでしょ」

相変わらず仲睦まじいふたりに曖昧な笑みを返し、佳奈は流し台にティーカップを置く。

普通寮への移動はやはり気が重いが、退所への道程として必要なことだ。

佳奈は萌果の命を引き受けた。萌果が辿るべき道を全《まっと》うしなければならない。……そう、思ってはいるのだが。

「卒業おめでとうございます」

にこやかに言う齋藤に、佳奈はどこか照れくさく感じながらも「ありがとう」と返す。

「節目を迎えてみてどうですか？」

「べつに、騒ぐほどのことでも感慨深く思うことでもねーな。何も変わんないし。……ま、小学校の卒業式なんて感動すんのは親か教師くらいのもんで」

「佳奈さんとしては萌果さんの卒業に思うことはありますか？」

予想外の問いに佳奈は少しぎょっとして齋藤を見た。

「いや……どうかね。あたしはろくな親じゃなかったから」

そうですか、と責めるでもない調子で答えるその顔を見ながら、佳奈は何とも言えない気分になっていた。

齋藤が佳奈のことを解離性同一性障害だと思っているのか、単に妄想につきあってくれているだけなのか、実際のところは未だに分からない。佳奈自身も自分の本当のところが分からないままだ。

しかしどちらにせよ、齋藤は佳奈が何者であろうと、目の前にいるひとりの人間として誠実に接してくれている。頓珍漢《とんちんかん》な話を揶揄せず親身に聞いてくれるのだから、ありがたいことだ。

「あんたはいつか、誠実に生きて死ぬことこそが一番の贖罪だって言ってたな」

「ええ。そうですね」

「あたしが萌果として生きていくことは贖罪に……更生になるか？」

訊ねれば、齋藤はどこか力強い様子で頷いた。

「再犯せず真っ当に生活していこうと努力できるのなら、更生は概《おおむ》ね成功していると言えるかと思います。その上で……贖罪を考えるのであれば、死者に対してはやはり何も返せませんから、できる限りの最善を尽くすほかにないと思います」

「最善か……」

「佳奈さんという存在が死に、萌果さんという存在が生きている。あなたが佳奈さんなら、あなたはもうあなた自身として『当たり前』の人生が歩めない。それも一種の罰でしょう。自分でない生き方を強いられるのは苦痛だと、私だったら思いますが」

「そういう経験あんの？」

何気なく訊ねると、齋藤は「あります」と答えた。

「私は生まれてくる体を間違えたんですよ」

「……ん？」

「自分と違う体に生まれついてしまって、それはもう苦労したんです」

どういうこと、と怪訝な声を出せば、齋藤はポケットからカードケースを取り出した。しばらく中を探して、あった、と免許証を取り出す。受け取って目をやれば、そこに写っているのはどう見ても男だった。

佳奈は目を瞬かせ、免許証の写真と齋藤とを見比べる。名前の欄には『齋藤奏太《かなた》』とあり、そういえば齋藤の下の名前を聞いていなかったなと思った。

「これ……」

「数年前までの私です」

「男だったのか」

「今は女ですよ。戸籍の上でも。――自分の体と生き方を取り戻すのに長い時間を費やしました」

免許証をカードケースに仕舞いながら齋藤が言う。佳奈はまだ呆然と目の前の顔を見ていた。

「後悔はしてませんが、時々考えることがあります。男の私がいいと言ってくれた人のことや、男としてつきあっていた友人たちのこと……。いわば私は男の自分を殺したようなものです。二度と『彼』は帰ってきませんから。生まれてから二十年以上も生きてきた存在をふいにしてしまって良かったのか。そう思いながらも結局、偽った生き方を続けることができなくて、彼を殺すしかありませんでした」

少々大仰な言い方ではないのかと思ったが、齋藤にとってはそのくらい重大事だったのだろう。佳奈には齋藤のその感覚は分からない。分からないが、思うところはある。

「体と振る舞いを変えたら死ぬのか？　……男として生きてたあんただって、あんたの中でちゃんと存在してるんじゃないのか」

佳奈の言葉に齋藤は目を細めて微かに笑った。

「そう思いますか？」

「あたしにはよく分かんねえけど……今の自分らしさを取り戻したあんたってのは、その二十年以上生きてきたあんたも含めて自分なんじゃねえの？　なんつーか、そういう時期があったからこそっていうのか、うまいこと言えないんだけどさ」

「……ありがとうございます。思いがけず励ましてもらっちゃいましたね」

まあそれほど気にしてないんですけど、と齋藤が飄々《ひょうひょう》とした様子で付け加え、佳奈は肩を落とす。齋藤がそれを見てまた笑い、佳奈はむっと唇を尖らせた。

恐らく普段使いしているようなカードケースのすぐ取り出せる場所に、自分の過去を写した免許証を入れているということは、たびたび自分で取り出しては見ているということではないのか。――そう思いつつ、野暮な気がして追及するのはやめた。代わりに素朴な疑問をぶつけてみる。

「どうしてこんなこと急に教えようって気になったわけ？」

秘密にしていたんじゃないのか、と思いながら訊ねれば、齋藤は少し考えるような素振りをしてから言った。

「羽山さんの反応を見たかっただけです」

「……は」

「っていうのは冗談ですけど、べつに言ってもいいかなと思いまして。そんなに隠してないんです。訊かれることがあれば答えますし。訊かれることないですけど」

本当に食えない奴だ、と思いながら、佳奈は齋藤をまじまじと見る。

言われてみればハスキーがかった声も丸みの少ないシャープな頬も男っぽいと言えばそ

うなる。しかし戸籍上も女ということは、手術もすべて済ませているのだろう。カミングアウトされるまで分からないほどの見た目で、今も女として過ごしているのだから、相当意識しなければ元男だとは微塵も感じられない。

……とはいえ、今後齋藤に対して何らかの性別違和を感じたとき、恐らく元男だという事実を思い返して納得するということがあるのかもしれない。不可逆的なそれは齋藤自身の落ち度というよりも自身の見方に基づくものなのだろう。知らされる前ならば単に個性として受け止めていたはずの事象に、性別という理由を当てはめて納得するのであれば、偏見以外の何物でもない。そのことだけは気に留めておく必要がある。

「それで羽山さん、あなたが今言ったことはそのままあなた自身にも適用されることだと思うんです」

「あたしが言ったこと？」

「体と振る舞いを変えたら死ぬか？　――あなたが萌果さんとして生きようとしても、結局のところあなたはあなたであり、誰かになることはできない。そもそも他人の人生を代わりに生きることなんてできないのだから、贖罪になるかどうかという以前に土台無理なことを考えていると認識したほうがいいでしょう」

佳奈は小さく溜息をつき、目を伏せて思案する。

……萌果のことは不幸な事故だった、と佳奈はずっと考えてきた。殺意があって手を出したわけではなく、ものの弾みで起きてしまった事故であると。

しかし、遅かれ早かれいつかはこうなっていたのだろう、とは薄々気づき始めていた。

佳奈は萌果に対して、真砂子や自分自身に抱いた恨みから転化した憎悪を持っていたのだ。それはこの学園に来て内省した結果、やっと自覚することができた感情だ。

いつか起きたであろう事故を事故と呼ぶのだろうか。起こるべくして起きた故意の事件なのではないか。潜在的に持っていた憎悪がそうさせたのなら、無責任な過失とは呼べないはずだ。

あの日でなくとも、五年後、十年後、二十年後のある日、佳奈は萌果を同じように殺していたかもしれない。もしくはほかならぬ萌果から殺されていた可能性だってある。そういう必然的な運命がそこにはあった。

ただ、事件そのものよりも、佳奈が贖罪すべきだと感じるのは虐待の事実だった。無力で弱い存在にふるった暴力の数々を直視すると、如何にも哀れで罪の意識を強く揺り起こされる。そうした思いが芽生えたのも、自分が母親から受けてきた傷のことを認めたからだ。

ひどい目に遭ってきた、それを恨んでいると認めたからこそ、同じことをしでかした自分に呪詛が跳ね返ってきた。罪を禊《みそ》ぎ赦されたいと思う。そうしなければ、被害に遭ってきた自分自身もまた救われない。

どこまでもエゴに塗《まみ》れている、と感じると、また分からなくなる。

贖罪に意味はあるのか。できることなどあるのか。赦しを願うのは浅ましいことではないのか。

（この世は生きている人間のものであって……）

だからこそ、殺しの罪がこんなにも重い。

「償いの意識を持ち、自分が最も善いと思う行いを続けていくことが贖罪なのではありませんか。どんなに頑張っても、結局あなた自身からは逃れられないんですから」

自分という存在はいつまでも、まるで影のようについてまわる。

「あなたを生きてください、羽山さん。ほかの誰でもないあなたを」

齋藤の言葉を聞きながら佳奈は思う。

——ああ、この道に終わりはないのだ、と。

＊

佳奈は見覚えのある部屋にいた。

アイボリー色の壁と天井。薄ぼんやりとした色味の室内灯が、足の踏み場も乏しいほど雑然とした部屋を寒々と照らしている。

テーブルの上には飲み散らかした酒瓶が所狭しと置かれ、周囲にはきつく縛られたゴミ袋が点々と散在していた。

その椅子に少女が俯いて座っている。

佳奈はゆっくりと少女の近くへ歩を進めた。

思い返したくない部屋の中で、いるはずのない少女が座っている。

足取りは自然と慎重なものになった。隣接した部屋から誰かが飛び出してくるのではないか。見知らぬ男が、鬼のような女がやってくるのではないか。そういう恐れが佳奈の足を重くしていた。

こんなところにいてはいけない。一刻も早くこの場から出なければ。

――帰ろう、萌果。

そう声を掛けて肩を叩くと、娘は緩慢に振り返った。

娘には顔がなかった。顔のあるべき場所には大穴がぽっかりと貫通しており、向こう側には後ろ髪がただ揺れていた。

気味の悪さに顔を蹙めながらも、佳奈は娘の手を引いて立たせる。連れていこうとすれば、床に下ろした足がぐんにゃりと曲がった。骨も筋肉もなく皮だけかのような、ぺらぺらに厚みを失った娘がその場に崩れ落ち、佳奈は仕方なくそれを背負う。

とにかくこの部屋から連れ出さなければいけなかった。

なめし革のような手が佳奈の首にまとわりつく。

おかあさん、おかあさん、と頭の後ろから声がした。

――うるさくするな。気づかれるだろ。

声を潜めて小さく叱ると、背中がずっしりと重くなり立っていられなくなった。

――莫迦、早く逃げないといけねえのに。

「おかあさーん」

なめし革の手が垂れ下がり、床まで伸びていく。

どうにも厭になって背中から無理矢理降ろすと、娘はいつの間にか佳奈の顔をしていた。

眼球は空虚に上を向き、茫《ぼう》と開かれた口の中には闇が淀んでいる。

「おかあさーん」

その視線の先に真砂子がいる。……思った瞬間、目が覚めた。

麗《うら》らかな春の陽光に包まれ、佳奈はじっとりとした厭な気分に塗れながら鳥肌の立った腕を摩る。体は汗で冷えていた。

薄い布団に顔を埋めるように項垂れ、しばらく沈黙する。起きたばかりだというのに体が重くて仕方がなかった。夢が現実に干渉して気力を根こそぎ奪うとき、どこにぶつけようもない息苦しさは体の中にわだかまり、一日の調子を悪くする。

しかし如何なることがあろうと、朝はいつもの顔で訪れていた。

小鳥は呑気に鳴き交わし、窓を開ければ風が新鮮な空気を運んで頬を擽《くすぐ》り、佳奈の短い髪を揺らす。新緑の爽やかな匂《にお》い。目映《まばゆ》い生の脈動と新しい一日。世界は佳奈の心情とはまったく無関係にまわっていた。

——こんなことはきっと、これから何度だってある。

胸の内のざらついた濁りとは共存しなければならない。萌果への償いはまだ始まってもいないのだから。

深く息を吐き、普通寮へ移るために室内の荷物をまとめた。

時は動き、環境は絶えず変化していく。これから見える景色がどれほど変わるのか、今はなんの予兆もない。

この歩みの先に果たして何があるか、一体どこへ辿り着くものか。

それを確かめるために佳奈は歩いていく。引き受けたものを背負いながら。

【参考文献】

『Q&A　少年事件と裁判員裁判　少年の立ち直りと向き合う裁判員のために』明石書店／加藤幸雄・藤原正範
『失敗してもいいんだよ　子ども文化と少年司法』本の泉社／竹原幸太
『少女は、闇を抜けて　女子少年院・榛名女子学園』幻冬舎／家田荘子
『児童自立支援施設　これまでとこれから　厳罰化に抗する新たな役割を担うために』生活書院／小林英義・小木曽宏編著、梅山佐和・鈴木崇之・藤原正範著
『少女たちの迷走　児童自立支援施設からの出発』三学出版／小林英義
『少年犯罪はどのように裁かれるのか。成人犯罪への道をたどらせないために』合同出版／須藤明
『漂流児童　福祉施設の最前線をゆく』潮出版社／石井光太
『ケーキの切れない非行少年たち』新潮社／宮口幸治
『少年たちの贖罪　罪を背負って生きる』日本評論社／青島多津子

私《わたし》の中《なか》にいる

2020年9月14日　第1刷発行

著者　黒澤《くろさわ》いづみ

発行者　渡瀬昌彦

発行所　株式会社講談社
東京都文京区音羽2-12-21　郵便番号112-8001
電話　出版　03-5395-3506
販売　03-5395-5817
業務　03-5395-3615

本文データ制作　講談社デジタル製作

印刷所　豊国印刷株式会社

製本所　株式会社若林製本工場

定価はカバーに表示してあります。

ISBN978-4-06-520276-0　N.D.C.913　303p　20cm

黒澤いづみ　くろさわ・いづみ

福岡県出身。二〇一八年に第57回メフィスト賞受賞作『人間に向いてない』でデビュー。

＊この物語はフィクションです。登場する人物、団体、場所は実在するいかなる個人、団体、場所等とも一切関係ありません。

＊本書は書き下ろしです。